# THE MATILDA EFFECT

# 玛蒂尔达效应

[英] 埃莉·欧文（Ellie Irving）著

袁秋婷 译

中信出版集团 | 北京

图书在版编目（CIP）数据

玛蒂尔达效应 /（英）埃莉·欧文著；袁秋婷译
. -- 北京：中信出版社，2020.4（2024.11重印）
书名原文：The Matilda Effect
ISBN 978-7-5217-1514-9

Ⅰ. ①玛… Ⅱ. ①埃… ②袁… Ⅲ. ①儿童小说—长篇小说—英国—现代 Ⅳ. ① I561.84

中国版本图书馆 CIP 数据核字 (2020) 第 024806 号



玛蒂尔达效应

著　　者：[英]埃莉・欧文
译　　者：袁秋婷
出版发行：中信出版集团股份有限公司
　　　　（北京市朝阳区东三环北路27号嘉铭中心　邮编 100020）
承 印 者：嘉业印刷（天津）有限公司

开　　本：880mm × 1230mm　1/32　　印　　张：7.5　　字　　数：150千字
版　　次：2020年4月第1版　　印　　次：2024年11月第30次印刷
京权图字：01-2019-6728
书　　号：ISBN 978-7-5217-1514-9
定　　价：39.80元

献给妈妈，因为芭芭拉非常努力

# 目录

# 这本书关于什么？

我想以一句引言开始这本书。我们的班主任兼周五下午的历史代课老师基根先生说，写小论文应该以一句能够提示文章大意的引言开头。

我想要一句关于杰出女科学家的名言。可是你知道吗？并没有。我不是说没有才华出众的女科学家，女科学家多的是，虽然并不是所有人都知道她们。就说居里夫人吧，我读过关于她的一切。但我这里说的是关于杰出女科学家的名言。

因为这是她们的故事。你一定会喜欢的。于是，我用这句话来代替：

“假如你放弃了，那意味着你从一开始就不是真心渴望成功。”

这句话是我奶奶乔丝讲的，这个故事也是她的故事。奶奶是一名出色的女科学家，虽然一开始我并不知道。

这个故事，关乎我们成功的决心，即使有时要与全世界为敌。

这个故事也和我有关。

“Je m’appelle Matilda Moore. J’ai douze ans.”（我的名字叫玛蒂尔达·摩尔。我今年十二岁。）以上是法语。之后你还会看到法语的。我十二岁，来自阿尔诺亚姆，是个发明家。很高兴认识你。

欢迎聆听我的故事，我和乔丝奶奶一起度过的几个疯狂、刺激、酷呆（这词儿是我自造的。我说过的，我是个发明家）的日子。

因为，在短短三十小时内，我们做到了：

· 藏在洗衣篮子里，逃出一家养老院

· 从英吉利海峡救出一名溺水男子

· 搭乘热气球飞越法国

· 和欧洲头号通缉犯成为朋友

· 照料一头中毒的狮子

· 勇闯瑞典诺贝尔奖颁奖典礼

读着都觉得筋疲力尽，不是吗？戴帽子的，最好抓紧你们的帽子咯。没戴帽子的，也请牢牢揪住自己的头发。如果是秃头，没事儿，找条抹布拽着。

1

# 便利手

哦，还得在书里介绍一下自己，那就开始吧：

和同龄人比，我个子不高。有一头浅褐色齐肩短发，但从不梳理，因为比起外貌，我有更加重要的事情要操心，比如：“今天我该创造点什么？”我经常穿一件蓝色工装裤（因为它口袋多，好放东西），耳后别一根铅笔，身上揣一把卷尺，背包里装一本速写本。我为发明创造随时准备着！

我看起来瘦弱，似乎一阵大风就能把我吹倒，折成两段。我看起来土气，似乎应该涂涂指甲，再学学班上的大多数同学，追《与卡戴珊姐妹同行》真人秀节目。但我就喜欢与众不同。我喜欢在告诉别人自己是发明家时，看他们脸上惊诧的表情——好像女孩子不该干这一行似的。

托马斯·爱迪生，一个颇有名气的家伙，曾经说过：“搞发明，你需要好的想象力和一堆垃圾。”他就是那个发明了电灯泡的家伙，所以他的脑袋够灵光。（各位看官，可别把这当说笑。）

我两样都有——好的想象力和成堆的废弃材料。我得承认，并不是所有东西都是我自己的。我父母总在没完没了地说：“玛蒂尔达，我跟你讲过多少回，不要乱拆书柜做你的木工活。”还有：“谁拿走了我新买的鞋带？刚刚还在这儿的！”边说边直勾勾地盯着我。

我的人生偶像：

**伊桑巴德·金德姆·布律内尔**

他设计过大桥、巨轮、大型火车站，比如克利夫顿吊桥、大不列颠号蒸汽轮船、伦敦的帕丁顿站。他可能还造过一些小物件，比如卫生间的抽纸架之类（我也不太确定）。

**艾米丽·卡明斯**

艾米丽还是个少女时，就发明出了不用电的冰箱。也就是说，不用插电，就可以使冰箱里的食物保持凉爽，这就为缺电地区的居民帮了大忙。

**玛丽·安德森**

你知道吗，下雨天，你老爸开车时，会把汽车挡风玻璃上的雨刷打开？谢谢你，玛丽·安德森。（她发明了雨刷。）

还有很多很多——我会把其余的名单放在书后，你真幸运。

自从记事起，我就想当发明家。四岁的时候，我决定改造吐司机，给我的仓鼠打造一个更好的游戏空间。关于这件事，我只想说，在那之后，我家就再也没买过吐司机了，也不再养仓鼠了。

迄今为止，在我的十二年生命里，我发明过：

**· 金银丝整理器**

你老爸是不是每年圣诞节都让你用前一年的金属箔装饰品？盒子里的金属丝是不是缠成了一团糟？用我的整理器，你只需轻按改良版卷尺上的按钮，看金银丝自动卷成线圈。

**· 花园抓钩**

是不是又把球踢进邻居的院子里了？你只需用这个顶部装了爪钩的窗帘杆轻轻一挑，再也不用忐忑不安地敲开邻居家的门！

**· 防挠马甲**

受够了每次被讨厌的亲戚挠痒痒？你只需穿上这件用枕套和你妈妈最好的靠垫（对不起了，老妈）改造的马甲，便可躲开魔爪！（而且非常暖和。）

我的导师是我爷爷维尔弗。每周日，爸妈带我去看望爷爷奶奶，并和他们一起吃午饭。我知道奶奶在很多很多年前也是一名科学家，但她对此只字不提，大人们也不许我问她。爸爸说她当年受了冷遇，才离开的科学界。我不太明白“受冷遇”是什么意思，我猜应该和下雨天淋了雨差不多感觉吧。

维尔弗爷爷退休前是名兽医，但他业余时间也会搞搞发明。所以，爸妈和奶奶在很无聊地喝着茶时，我和爷爷就开溜了。我俩躲进他花园尽头的工作间里，疯了一样地搞发明。这是我一周里最享受的时光。

为什么我如此热爱发明创造？因为一切皆有可能！你从一张白纸开始，全然不知将绘制出怎样的图纸。然后，一个点子，嗖嗖地蹦进你的脑子里。你想：“哦！能否想出一个办法，从吐司机取吐司时，可以不烫到自己的手？”你绘出简图，然后思考如何动手。你锯开金属、木料，然后不断地制作，于是就有了成品，一件完全是从你的想象中走出来的事物！

爷爷也教过我一句话，“需求是发明之母”，意思是发明大多是为了解决实际问题。像艾米丽·卡明斯，她的发明解决了缺电地区的人们使用冰箱的难题。

由此引出我至今为止最厉害的发明——便利手。

爷爷的双手灵活度大不如前了。他的手指弯曲变形，拿工具颇费力气。“关节炎。”奶奶说。我明白爷爷因此有多么沮丧。所以，女士们先生们，咱就不兜圈子了，我在此非常荣幸地向您介绍便利手！

便利手是一双木制的手套，带可更换的金属手指，可以替爷爷完成他的双手做不到的事儿！要刮胡子吗？没问题！把带叉子功能的手指换成剃刀功能的，再按一下手掌部位的按钮，就能刮胡子了。想吃个既美味又营养的橘子解馋，却苦于剥不了皮？别怕！将掏耳朵功能的手指换成小刀功能的，就剥起皮来了！

整个设计都是我独立完成的。这个便利手爷爷超喜欢，他还帮我申请了英国专利，也就是说，我们在政府备了案，假如有人剽窃，并声称便利手是他们的创意，我可以理直气壮地说："好啊，你就编吧！"

爷爷在帮我申请完专利的几个月后去世了。我的世界突然变得黯然无光。半夜梦醒时，每当我想到一个点子（"如果发明出一种器械，可以自动拆开一卷新的卫生纸，不用每次用手撕得乱七八糟，怎么样？"），总会不自觉地想："哦，先听听爷爷的意见吧。"三秒之后，我才猛然想起，爷爷已经不在了，我再也不能把创意分享给他听了。

奶奶把爷爷工作间里的东西都留给了我，因为我最有资格继承爷爷的工具，而且她也要搬走了。她收拾行李，准备搬到路口的养老院生活。她不想孤零零一人住在一栋充满与爷爷共同生活回忆的房子里。爷爷的遗物里有一只破旧的纸盒，里面塞满了无聊透顶的老文件和一个污渍斑斑的长方形玻璃底片。显然，奶奶把它错给了我，但我什么也没说，我不想她再次难受得掉眼泪。我只说了句："奶奶，谢了，我很感。"我想说的其实是："奶奶，谢了，我很感激您把这些送给我。"话只说了半截，是因为没有时间一字一字地说，但我确实想表现得礼貌得体。

爸妈继续带我去看望奶奶，但再也回不到从前了。维尔弗爷爷不在了，工作间也不在了，我再也找不到一起谈论发明的人了。老爸是会计。他唯一有过的发明，是创造了一种在计算器上敲出“蛋壳”[①]一词的方法。（依次按77345993，再把计算器倒置。看到了吗？有意思吧。）

老妈是办公室经理。她从早到晚忙着订购办公用品，登记费用开支。她的工作也没多大意思。奶奶曾经搞过太空和行星方面的科研，但就像我之前说的，这个话题在家里是禁忌。取而代之的，是每周一次去养老院探访，帮奶奶拼七巧板，一起听古典乐。

没有爷爷，没有他对发明创造的热情，我的日子无聊透顶。

然后，不久前的一天，学校宣布要举办一次科学竞赛，最佳发明和科学表演将被授予大奖。宣传栏里张贴着海报：

> 你是下一位阿尔伯特·爱因斯坦吗？
> 你有比切片面包更好的发明创造吗？
> 你想夺得大奖吗？
> 阿尔诺亚姆联合科学大赛给你一个舞台，
> 向全世界（嗯，阿尔诺亚姆地区）展示才华！
>
> 详情请咨询班主任

① 蛋壳，英文为“EGGSHELL”。——编者注

哇，好的！我会去咨询班主任的！我已经很清楚要以哪件作品参赛。抱歉了，你们这帮还在垂涎大奖的孩子，因为大奖是我的！

至少曾经一度是的，直到托马斯·托马斯出现。

# 2

# 托马斯·托马斯

托马斯夫妇，给他们的独子取名托马斯，完全不考虑这样一个名字将如何影响儿子的一生。托马斯·托马斯。好像这世上除了托马斯，再无其他名字可取。

比托马斯·托马斯更适合托马斯·托马斯的名字：

蒂莫西·托马斯

爱尔兰共和国·托马斯

刚果共和国·托马斯

星球大战银河共和国·托马斯

萨拉·托马斯

只要不是托马斯·托马斯（我不是说“只要不叫他托马斯·托马斯就成”，我的意思是，即使他的名字就叫“只要不是托马斯·托马斯”，那也比托马斯·托马斯强无数倍。）

亲爱的读者，在吐槽完这个名字后，我真心希望在座的各位，没有人叫托马斯·托马斯。如果有，那就对不住了。

如果你的名字叫托马斯·托马斯，我为你感到遗憾。

且不论他的名字有多傻，这个托马斯·托马斯上科学课老爱坐在我旁边，抄我的答案，也就是明目张胆地作弊。他这种男孩子，怎么配得到科学竞赛的大奖呢。

比赛在十二月的一个周五下午举行。每个学生都挤进大礼堂，搞得跟开晨会似的，因为参加比赛就意味着不用上课了。我在人群里暗中观察了四个学生，看他们腋下夹着自己的参赛作品，就像我夹着我的便利手。我差点想告诉他们别再浪费时间了，但学校每个人都在喋喋不休地倡导“团队精神”，所以我想我还是闭嘴吧。

两点钟，基根先生登上讲台。“欢迎各位，”他大声吆喝道，“来到第一届阿尔诺亚姆联合科学大赛。参赛选手们，请带着你们的作品上台！”

我在心里默默练习获奖致辞。当然了，我要将此奖献给维尔弗爷爷。但再向列奥纳多·达·芬奇致谢，会不会太过了？或者蒂姆·伯纳斯·李[①]？

基根先生叫参赛选手一一上台展示作品。第一个上台的

① 计算机科学家，万维网之父。——编者注

是一名叫乔希的邋遢男孩。他一手举起一杯白水，一手拿着一颗鸡蛋。“看见这杯水了吗？”他把杯子举高，好让观众看个清楚，“看见这个鸡蛋了吗？”但他一定手心冒汗了，因为鸡蛋从他手中滑出，啪的一声，正好落在了基根先生的棕色皮鞋上。

基根先生愤怒地甩着腿。鸡蛋黏液甩出去，飞到了观众头顶上。“我看你也不用再比了。”基根先生气恼地说，直接跳到了下一位。

“等等！”乔希大喊，“我的秘诀是——”

基根先生怒瞪他一眼，自己的鞋被糟蹋了。“如果你想要展示的是清水里加盐就可以使鸡蛋浮起来，我恐怕，”他叹口气，“没了鸡蛋，你也没法展示了。你手里只剩一杯清水了。”

我窃笑着，这也太低级了。

第二位出场的就是托马斯·托马斯。他从地上拿起一大瓶可乐，从口袋里掏出钱包，然后把钱包举起，让观众看到。“女士们先生们，”他大声说，“一起来见证这个科学奇迹，蚀、蚀、蚀……”他环顾四周，大家都一脸茫然。

“可乐蚀钱。”我低声说，我在网上看到过这个小伎俩。

“蚀钱！”托马斯·托马斯终于宣布道。

话音刚落，他就拧开可乐瓶子，咕咚咕咚一饮而尽。他喝完了整瓶可乐！一整瓶啊！他以迅雷不及掩耳之势把可乐猛灌进肚子！总共两公升的可乐啊！

然后，意料之中地，他打了一个大大的响嗝——一声巨响的“嗝儿”从他的肚子里发出。此刻，托马斯·托马斯脸上一副扬扬自得的表情，显得前所未有的讨人厌。他打开钱包，拿出一张五英镑纸币，塞入空可乐瓶。“嘛咪嘛咪哄！”他大叫一声。

现场鸦雀无声。人们你看看我，我看看你，都不太理解刚才看到的是什么。

“如果你在做的是我想象中的那个实验，”我说着，已经开始同情起这个笨蛋，“你应该朝瓶子里丢一个一便士的硬币。饮料中的酸与硬币中的铜发生化学反应，将其溶解。这就叫可乐蚀钱。这不是魔法，这是科学。”

托马斯·托马斯看看我，再看看空瓶子里的五英镑纸币。“一个意思。”他耸耸肩。“我说，你到底行不行！”我在心里想着。

接着，一个八年级女生用吹风机把乒乓球吹向空中，一个十年级女生用纸造了一座火山，火山口还非常逼真地有“岩浆”在喷涌。这之后，终于轮到我了。激动人心的时刻到了！

不出所料，我把手套戴在基根先生手上，向大家展示便利手的各项功能时，台下爆发出阵阵掌声，还听到观众发出惊呼和赞美！我想象着，这种感觉和当年“电视之父”约翰·洛吉·贝尔德向世人首次展示电视机时的内心感受应该差不多吧！大奖花落谁家，已是再明显不过的了。

在我们都展示过参赛作品之后，三个男人大摇大摆地走上台。他们看上去长得差不多，都穿着花呢夹克，大腹便便，光亮的秃头皮上几根稀疏的毛发梳得整整齐齐。“有请我市的议员，”基根先生向这三个人致意，说，“瓦尼先生，多尔夫曼先生，扬克尔先生。”

大家礼貌地鼓掌。“今天我很荣幸站在这里，”扬克尔先生带头发言，“颁发一千英镑的大奖！”

我吃惊地倒吸一口气。一千英镑？我飞快地计算了一下能用这钱买什么：

一台黑水手牌钻孔机

一个工作台

一只新的工具箱

“一千英镑，”扬克尔先生又重复一遍，然后，故意声音压得低低地，补充了一句，“将以瓦尼·多尔夫曼·扬克尔品质狗粮代金券的形式发放。”

“什么？”我说，只揪住他话的后半截，“狗粮代金券？”

“阿尔诺亚姆联合科学大赛，”扬克尔先生不睬我，继续道，“获奖者是……”

我屏住呼吸，交叉十指。我也不知道自己为何如此紧张。大奖明明就是为我准备的！

“托马斯·托马斯！”扬克尔先生大声宣布。

“什么？”我叫出了声。一定是搞错了吧！

“托马斯·托马斯？”我重复道，“托马斯·托马斯？那个傻子，实验全程都在喝可乐的家伙？”

“好了，好了。”基根先生说着，想把我赶下台。托马斯·托马斯走上前与三位议员握手，向校园摄影师露出一个大大的微笑，那张傻脸上堆满傻笑。

太可恶了！“那便利手呢？”我大叫道，“它甩了别的作品多少条街！”

扬克尔先生对着镜头的笑容突然消失了，瞪着我。“我们已经做了决定。”他申明道。

“但便利手是最好的！”我大叫道，“它还获得了英国发明专利和其他荣誉！”

瓦尼先生叹口气。“我们把奖颁给了一位明显没有作弊的选手，”他义正词严地说，“托马斯·托马斯的实验过程可能是出了点问题，但至少他是一个人独立完成的。”

“我没有作弊——”我抗议道，但我被其他选手挤开了，他们一哄而上，都想看一眼托马斯·托马斯的狗粮券。“这是为我爷爷设计的。”我说。

“你只是个小女孩，”多尔夫曼先生嘲笑道，“我真心怀疑你有这能力。这个发明需要锻接、钎焊，还需要——”

“钻孔，切割金属！”我插嘴道，“所有这些步骤，都是我在爷爷的工作间里做的！是我一个人独立完成的！”

但多尔夫曼先生、瓦尼先生和扬克尔先生才不关心呢。他们显然认为我在撒谎。每个人都认为我在撒谎。没有人相信我有能力发明和制造出便利手，仅仅因为我是女孩。

正是这，正是这不公正的一切——一个比我差得多的人，居然获了大奖——引发了这个故事。

这才是故事真正的完全意义上的开始，我之前说过的，我现在还要再说一遍，抓紧你们的帽子，这次才是玩真的。你们准备好了吗？

# 3

# 不公是一个名叫斯莫克的男人

“这不公平！”这是一句全世界各地的家庭里都可以听见的哭诉。通常，爸妈会翻翻白眼，再说些讨厌的大人话，像“生活本来就不公平，学会适应吧！”但这次，确实不公平！

为什么托马斯·托马斯，一个蠢到连名字都重复两遍，爹妈也蠢到除了托马斯想不出其他名字的男孩子，会赢？我的发明才是最好的！

好吧，我才不是计较那几张狗粮券呢——毕竟，我家也不养狗。但那是份荣誉啊！冠军本来就应该是我的！

我把便利手夹在腋下，一边拖着沉重的步子走下台，一边用上衣袖子抹眼泪。我不想让人看出我有多么不安、多么想哭。

放学铃声迟迟不肯响起。此时，我只想爬上床，躲进羽绒被，睡过整个周末。但在这之前，我不得不坐在教室里，听一堂关于“泰晤士河流向”的无聊透顶的课。下午三点半，我终于拖着步子走出学校大门，一眼看见老爸的车停在校门外，夕阳的余晖照在洗得锃亮的车顶上，格外耀眼。老爸特别爱车，每周洗两次车，每次都要擦洗、打蜡，真快要了他那辆黑色轿车的老命。开车出门一趟，他就要在车内喷上消毒水，还要用吸尘器打扫一遍。开车时，他戴着白色皮手套，这样就不会把方向盘弄脏了。他私下里甚至称他的爱车为“女王陛下”，浑然不知我和老妈已经知道这个绰号了。

老爸冲我一笑，手里举着一盘蛋糕。为了安全起见，蛋糕用保鲜膜里三层外三层地裹着。蛋糕渣要是掉在了车内，那是绝对不行的。“给你奶奶买的，”他解释道，“我们得赶去养老院签几张表，赛恩斯伯里家的柠檬蛋糕今天买二免一。我知道今天不是周六大血拼的日子，但我们偶尔也要享受一下生活嘛。要来一块吗？”

奶奶的养老院坐落在一个绿树成荫的安静街区里，离我的学校只有三条街，离我家七条。说实话，阿尔诺亚姆是个小地方。

我们到的时候，养老院休息厅的电视上正在播放一条新闻，英国的某某教授因某个成就将于两天后被授予一个大奖。养老院的老人们都凑在电视前观看，除了奶奶。她一个人坐在房间最后边的一张扶手椅上，满脸痛苦。她不参与，我不怪她，我自己也已经受够了所谓的大奖。

“哦，好极了，”老爸把那盘蛋糕丢在咖啡桌上，挖苦道，“现在家里有两个闷闷不乐的人。我们需要的就是这个。”

我皱了下眉。刚才开车来养老院的路上，我向爸妈倾诉了科学大赛上发生的事，但他们好像并不上心。

“什么？”奶奶轻轻地拍拍我的膝盖，问，“宝贝儿，你怎么了？”

虽然近三十年，奶奶一直生活在坎特伯雷，但她出生并成长于苏格兰，直到八十年后的今天，她讲起话来，仍带点苏格兰口音。她就是一位典型的普普通通的奶奶，高高瘦瘦，一头浓密的白色鬈发。她喜欢拼图游戏、喝茶、听古典乐。她穿着登山靴，好像时刻准备去登山似的。这看上去很滑稽，因为从小到大，我从没见她离开过阿尔诺亚姆。

“我不想谈这个。”我咕哝道，手伸进口袋，掏出手机。虽然这个手机也不好玩，没有游戏，也没装应用，但我想避开她的注视。

“玛蒂尔达有点沮丧。”爸爸悄声对奶奶说。

“哦？”她回答道，声音充满关切。

大家都不作声了。沉默被电视里的声音填满。那声音还在喋喋不休地讲着那位教授和大奖的事情。

“学校里另一个男孩子得了奖。”最后老妈开了口。

我知道妈妈只是向奶奶解释事情的原委，但我的失望不止于此！“是啊，而且他压根儿不该得奖。”我火气很大地吼道。

奶奶挑起眉头。有几位老人转头看向我，一脸惊讶。“算了，”我咕哝道，“说了你们也不懂。”我低头看着地面，“要是爷爷在，他会懂我的。”

爷爷是这个家里唯一懂我的人，只有他理解我热爱发明创造的真正原因。他和我一样，有创意，有想法。我父母都是极度理性的人，从不做出格之事。爸爸是会计，天天穿西服打领带，周末也穿得一丝不苟。每个月，他都找同一个理发师，把头发修剪得整整齐齐。他的领带是万年不变的灰——从不见橙红或沙黄等时髦的颜色。老妈也一个样。她穿长裙、开衫、经典款鞋子，喜欢看针织类节目。我父母虽支持我搞科学和工程，并为我的热情拍手叫好，但我想，在他们眼中，我脑子肯定有点不正常，才会想到发明这么多奇奇怪怪的东西。

想到爷爷，我心口一紧。他一定什么都理解。他一定会跳上台大喊：“扬克尔，把我孙女该得的奖给她！”他一定相信，我，一个女孩子，也能够拿圆锯切割金属。他亲眼见过的！

老爸和奶奶互相递了个眼神，老妈只顾大口吃蛋糕。时间一分一秒地过去。我可以感到奶奶的眼神在我的脸上徘徊，犹豫着下一步该怎么做。

突然，她一拍大腿，跳了起来——对于一个八十岁的老太太，相当惊人。“跟我来。”她伸出手，对我说。

“我什么也没做啊！”我抗议道。

“你没做错事。我只是想给你看样东西。”她牵起我的手，把我领出公共休息厅，穿过大厅，来到楼上。

“我们去哪儿？”我问。我从没到过楼上。之前我和爸爸妈妈来拜访时，一直待在楼下的休息厅。我看见大厅里褪色的螺旋地毯，看见楼梯间相框里的鸟类照片。

奶奶走到二楼的飘窗处停下来。飘窗前摆着一把雕花扶椅，扶椅旁是一架铜质望远镜。乔丝奶奶把眼睛凑到望远镜前，调了调几个旋钮。“差不多了，”她说，“往左再偏几度……”她叹口气，“玛乔丽肯定又乱玩了。我之前明明调好过。”

“看什么？”我问。我紧贴在奶奶身后，想看看她在瞄准什么。

“那里！”过了一会儿，奶奶大声道，“快看！”

她移到一旁，我俯身朝目镜里看。夜色降临，深黑的天幕上缀满成千上万颗星星，一闪一闪亮晶晶的，宛如一条黑色的地毯上撒满雪白的糖粒。“我该看什么？”我问。

“人类已知的宇宙由一百亿个星系组成。”奶奶说。我不禁觉察到，她的声音中带着一丝兴奋，她从未有过这样的声音。“假设每个星系由一千亿颗恒星组成——你知道的，这个数量是会变化的——这就意味着，在可观测到的宇宙空间中，存在着将近十万亿亿颗恒星。”

“没错，”我继续瞅着望远镜镜头，“所以呢……？”

“你能看见有一颗星比其他所有星星都亮吗？”奶奶问道。她站在我身后，双脚来回跳着。

我眯起眼睛，左右调整着望远镜，终于，一颗格外耀眼的星星出现在镜头中。“我看到了！”我大叫道，“就在这儿。它为什么这么亮？”

“因为它是一颗行星，而不是普通的星，”奶奶回答道，“它距离地球数百万光年。它之所以这么亮，是因为它比聚在它周围的星都要大。”

“它是海王星，还是别的什么星？”我问。

奶奶摇摇头。“你所看到的，根本不在我们的太阳系。这颗行星远在银河系之外。”

她大概是想把我的注意力从学校发生的烂事上引开吧。除此之外，我完全猜不透奶奶在暗示什么。“然后呢？”我问。

“它的名字叫斯莫克行星。”奶奶说。这次她的语气平静了许多。她长叹一口气：“是以今晚新闻里的那个男人的名字命名的。就是那个因为发现了这颗行星而得奖的人。”

“然后呢？”我又问了一遍。我已经开始感到累了，这一天可真够漫长的。漫长，又扫兴。

“其实，”奶奶压低声音说，“它不应该以斯莫克教授的名字命名，因为发现它的不是斯莫克教授。”

我皱起眉头。“但如果不是他，那又是谁呢？它应该以谁的名字来命名呢？”

奶奶又叹了一次气。“我，”她说，“发现它的是我。”

# 4 我想奶奶是疯了

我瞪大眼睛，看向奶奶。我不敢肯定自己没有听错。“抱歉，什么？”

奶奶一屁股坐到扶手椅上。“我是一名天体物理学家，”她申明道，似乎这足以解释一切，“至少曾经是。和你爷爷结婚后不久——哎呀，这都是五十年前的事了……我们搬到伦敦，以便我研究星体发射出的无线电波。斯莫克教授是当时我在格林尼治皇家天文台[①]工作时的上司。”

“抱歉，什么？”我不禁重复问道。我知道奶奶曾经在科学界从业，但我一直以为她只是在实验室打打杂、收收试管之类。“是你发现了那颗行星？”

“是我，”奶奶点点头，“虽然当时我并不知道自己发

① 世界上著名的综合性天文台，1675年建于英国伦敦。——编者注

现了什么。”她清清嗓子，凝视窗外，追忆过去。“那段时间，我一直在研究另一个星系的某一星团发射出的无线电波。一天深夜，我发现了‘XT28E’。这颗星有异于它周围其他星体的地方。

“第二天早上，我把它指给斯莫克教授看，但他不以为意。我当时就认为，它有可能不只是一颗普通的星，那是二十世纪六十年代——深空探测技术还没有发明出来，但我相信，有朝一日，空间探测器将驶向这颗星球。于是我做了演算，绘出探测器路线图，并提出了使探测成为可能的方程式。我把所有工作成果都提交给斯莫克教授。这次，他有了兴趣。他说他会复查数据。然而，接下来，就是他发现了这颗行星的消息铺天盖地而来。”

“太不公平了！”我大叫道。

奶奶摇摇头。“是，”她说，“是不公平。斯莫克教授剽窃了我的成果，但他比我资历深，人们都敬重他。那时也没有多少女科学家，几乎没有。没人有理由怀疑，发现行星的不是斯莫克教授。”我察觉到奶奶的眼眶里有泪花在打转，但她很快以咳嗽掩盖了过去。

“那行星呢？”我问道，“怎么就成了斯莫克行星？”

“因为能够抵达那颗行星的探测器近十年才被发明出来，”乔丝奶奶说，“美国宇航局于七年前向它发射了一枚探测器，用的还是我的方程式。探测器去年才终于抵达XT28E，证实了它确实不只是一颗普通的星，而是一颗行星的推测。斯莫克在过去的五十年里，抓住一切机会向世界宣称，行星是他发现的，所以美国宇航局才会以他的名字来命名。”

我简直不敢相信。我怎么从来不知道奶奶的这一面？“爸爸总说，”我犹豫着，不知道该怎么表达，“你离开科学界是因为受到了冷遇。是因为这件事吗？”

奶奶看上去很沮丧。她那双眼神犀利的蓝眼睛，也不再像之前那么炯炯有神。“是的。”她说，“我向天文台抗议，但他们认为我只是嫉妒斯莫克教授罢了。我意识到自己在那里再也待不下去了。”

好吧，这口气，我忍不了！那个斯莫克教授竟敢剽窃我奶奶的成果！他竟敢把她所有的劳动成果占为己有，邀功请赏，还得了奖！这比托马斯·托马斯在科学课上抄袭我的答案外加因为我是女孩而得不了奖，都严重得多得多。

我感到胸中有一腔怒火在熊熊燃烧。两天，新闻报道说，斯莫克教授将在两天后被授予奖项。这就意味着我们还有时间。“我们得告诉全世界，发现行星的人是你！”我说，“快点！”我扶奶奶起来，带她回到楼下。

“奶奶是知名的科学家！”在我们冲进休息厅时，我大喊，“但一个恶棍窃取了她的成果。”

休息厅里的每一个人都扭过头来目瞪口呆地看着我，但我毫不在意，眼下的事要紧得多。

爸爸长出一口气。“我就知道这事儿迟早兜不住。”他嘀嘀咕咕。

“小点声，亲爱的，”妈妈悄声道，“别在公众场合大声喧哗。”

“好呀！”我说，“我偏要！我要告诉全世界这件事——这件不公平的事！”还是那句话。摩尔家族怎么了，为什么我们的科学成就总是被人抹杀？

爸爸和奶奶交换了眼色。“太晚了，宝贝，”爸爸语气平静地对我说，“这个周日，斯莫克教授就要被授予诺贝尔物理学奖了。”

“什么?！”我大叫道，“就是那个奖？”我知道诺贝尔奖是什么。它是一项享誉世界的大奖，每年颁发给在某一领域做出最突出贡献的人。它不仅仅颁给物理界的人，还有诺贝尔化学奖、诺贝尔文学奖、诺贝尔经济学奖、诺贝尔生理学或医学奖及诺贝尔和平奖。

相信我，这可比价值一千英镑的瓦尼·多尔夫曼·扬克尔品质狗粮代金券好得多。我连没能得到那狗粮券都恼怒不已。

我三步并作两步来到电视前。电视里，一位漂亮女士正在解数学难题。我调回新闻频道。斯莫克教授的照片占据了整个屏幕。看上去也不像近照，因为据奶奶的说法推算，斯莫克教授应该和她差不多大，也有八十多岁了。然而，照片里的他至多四十岁。很明显，那是他自认为最风华正茂的时候。他留一头柔顺的金发，戴一副玳瑁圆框眼镜，穿一身紫色天鹅绒西服。他脸上那副得意扬扬的假笑，是我所见过的最讨人厌的。

“斯莫克教授这周日就要因为你五十年前的发现得诺贝尔奖了。”我大声喊道。

老人们一个个都兴奋地交头接耳，这可比新年倒计时激动人心多了！

“我们得阻止他，”我说，“在哪里，那个颁奖典礼？”阿尔诺亚姆离伦敦不远，一般大事都在伦敦发生，像皇家军队阅兵仪式、奥林匹克运动会、泰勒·斯威夫特演唱会。我们应该能够赶上火车，或者由老爸开车，大概一小时就到了。

“瑞典。”奶奶回答说，“确切地说，是斯德哥尔摩市政厅。”

好的。那就只比伦敦远一点点咯。“没问题，”我说，大脑如陀螺般飞转着，“我们可以看看有没有紧急航班，或者火车，或者轮船？”

“路程非常远的，亲爱的。”妈妈摇着头说。

我父母一向没有冒险精神。我们一家从未去过英国以外的地方度假，因为他们说自家风景已经够看了——国内游也不需要坐飞机。尽管我向他们解释过上千遍，飞机是过去一百年来人类最伟大的发明之一。

“但这是正确的做法。”我回答说。

老爸点点头。“对的。我们是应该有所行动。”

“好极了！”他们终于说人话了！我抓起帆布背包，一把甩到肩膀上。“我这就去查航班。”

爸爸举起手，拦下我。“先别！”他厉声道，“我们哪儿也不去。我们要走正规程序，就在家。”

“什么？”

“你奶奶1967年那会儿就想把事情扯清楚，”爸爸冷静分析道，“但没人听她的。我才不会这会儿逛到世界的另一边，以为人们这次就会听了。但如果你愿意，我们可以一起写一份请愿书。我会向诺贝尔奖委员会拟一封正式的抗议信，在信中解释清楚一切。但我们得走正规途径。”

“我们还可以给首相写信。”妈妈插话了。她兴奋得两眼放光。这算她提过的最有创意的建议了。

请愿书？抗议信？“那还远远不够啊。”我回答说。我知道爸爸是出于好意，但颁奖典礼这个周日就要举办了。“那时信连到都到不了。我们得亲自去瑞典，抢在斯莫克得手之前，向委员会的评委及所有成员解释，这个奖应该是奶奶的。这才是唯一可行的办法。”

“你给我听好了，玛蒂尔达。”爸爸厉声说。他放下茶杯。事情变得有点严重了。“你奶奶已经八十了，她的腿脚大不如前了，长途奔波她吃不消的。她很容易疲累，而且她的护照1993年就过期了……”

“我的腿脚好着呢，谢谢你。”奶奶十分不爽地打断他。

“八十岁还不算老。”坐在我们旁边的扶手椅上的两位老太太异口同声地大声说。

“咱们都冷静冷静，”爸爸说，“玛蒂尔达，你想帮助奶奶，想法是很好的，但我不想你让奶奶好不容易燃起的希望再度破灭。斯莫克教授已经靠‘他的发现’四处演讲了多年，全世界都以为他是发现者。要让大家改变这一看法，真的很难。”他怯怯地看了奶奶一眼，“尤其是现在，连证明你奶奶参与过发现的证据都没有了，曾经的证据都不在了。”

“那是什么意思？”我问。

奶奶深深地叹了口气。“许多年前，在意识到没有人会相信我之后，我就把所有的文稿和照片资料都给扔了。我不想再忆起那些年的挫败和心痛。”

“你难道没有申请专利吗？”我问，“让别人没法剽窃？就像我之前给便利手申请了专利？”奶奶轻轻地摇了摇头。

我讨厌看到她这副难过的样子。“好吧，谁还在乎证据？”我说，“我们掌握着真相！”

爸爸皱了皱眉头，但他也没再说什么。我不相信大家对这件事的反应竟如此平淡。为什么我们还不动身去机场？我的意思是，我既没有护照，也没有出过国，但这都不是问题。我们总得想办法去瑞典啊。为什么老爸老妈看不到这一点呢？

妈妈神采奕奕地环顾四周。“好忙的一天！”她故作轻松地说，“我想大家差不多都想上床休息了。请愿的事，明天早上再开始吧。”

我觉得爸妈还没意识到事态有多紧急。

但我知道和他们争论没用，他们肯定不会改变主意。扭转局面，全靠我了。

“好吧，”我甜甜地说，“奶奶，我来扶您上楼休息吧？”见我回心转意，老爸惊得眉毛都竖起来了。但是，就像爷爷曾经说过的：“玛蒂尔达，需求是发明之母。”

这次，我得比以往更有创意了。

# 5

# 逃出养老院的N种方法

“真棒！”老爸冲我眨眨眼。显然，他在暗自庆幸这场“勇闯诺贝尔奖颁奖典礼”的闹剧终于结束了。“我这就开始构思写给首相的信，怎么样？”

我挽住奶奶的胳膊。那天晚上第二次，我们一起爬上养老院老旧的楼梯，走过贴着碎花墙纸的平台。我瞥了一眼窗户边的望远镜。这一眼让我更加坚定了决心。

在奶奶卧室门外，我捏了捏她的手。“奶奶，”我用平静的语气一本正经道，“无论如何，我们得把你弄到瑞典去。我们得闯进诺贝尔奖颁奖现场，然后说：‘停下你们正在做的一切！那个男人是个骗子！’我会指着斯莫克教授，然后告诉全世界他偷走了你的行星，你才是应该得奖的那个人，不论奖品是狗粮券还是什么。”

奶奶虽然不知道我为什么提到狗粮券，但她还是给了我一个微笑。“你父母说得对，玛蒂尔达，”她说，“我没有护照。事到如今，也不知道人们凭什么信我的话。”

“就凭我们会让他们信，”我冲她咧嘴一笑，“我们会让评委们听我们的话。”我凑近她，密谋似的说：“我想到了把你弄去现场的办法：我会从厨娘那里搞来一件白大褂，把你装扮成医生，这样你就可以大摇大摆地从前门走出去。然后你去偷一辆养老院的班车，再开车带咱们去瑞典。入境时验护照的人要是问起，我们就说：‘这是人命关天的事儿，我们没时间应付这种可笑的问题。’”

听到这条建议，奶奶双眼放光。突然，另一个点子在我脑中闪现：“我有办法了！你藏在送餐的手推车下，把自己送到斯德哥尔摩，再拿鸡肉蘑菇火锅贿赂边境官员。怎么样？”

奶奶听我说这些时咯咯地笑了。我也一起笑了——整个晚上，这是我第一次笑。虽然笑一笑，也没能使输给托马斯·托马斯和得知奶奶遭受不公的事实变得好受一点儿，但和她一起大笑的感觉真好。

奶奶吻了吻我的面颊。“你是个好姑娘，”她说，“你爷爷会像我一样为你感到骄傲的。但我告诉你斯莫克教授的事，只是为了让你明白，我懂你。我虽然不是你爷爷，但你所经历的一切，我都懂。”泪水涌上她的眼眶，“我们一起写信请愿，看会发生什么，好不好？我想这也是我们唯一能做的了。晚安啦，宝贝。”她泪光涟涟地冲我一笑，然后进了自己的卧室，关上门。

我皱着眉，看见名牌上“17号房间：乔丝·摩尔”几个字像眼睛一样瞪着我。我用意念对着门施咒，希望看到奶奶再次打开门，行李已收拾好，准备出发。她会大喊一声：“你说得对，我的孙女！我们当然得去闯闯诺贝尔奖颁奖典礼，高呼：‘斯莫克教授！你就是一个江湖骗子！我告诉你，你就是一个骗子！再见！’然后，我再夺回本来就属于我的荣誉！我要好好教教这世上所有的傻瓜托马斯·托马斯是非好歹！”

但奶奶没有再走出来。

于是，我长叹一口气，回到楼下。

# 6

# 种子已经种下

我彻夜心事满满，辗转难眠。似乎有一排高压电线塔在我的脑袋里，像巴特西电站一样为我的大脑源源不断地输送着电流。我明白，一定得为奶奶讨回公道。老妈老爸可能觉得千里迢迢跑去瑞典不可思议，但我确信这么做是对的。我们得与斯莫克教授当面对质。没有证据和护照，倒确实棘手。

我仔细听着爸妈房间里的动静，整栋楼都静悄悄的，于是我爬下楼梯，打开餐厅里的电脑。我输入“斯莫克教授”，搜索结果的第一条就是他的个人网站。屏幕里与我对视的，是和新闻里不同的另一幅照片。照片里的斯莫克穿一身白大褂，手举一张长方形玻璃底片，底片上布满黑点。在这张照片里，他依然得意扬扬地笑着。

斯莫克教授的姓名旁是一长串字母，代表他的众多身份和头衔。这我晓得。我老爸是“马尔科姆·摩尔 FCA

CTA”，意思是他是一名有资格的会计师。这里，斯莫克教授是：

塔奎因·内维尔·伊格内修斯·斯莫克教授，基础天体物理学博士，蓝彼得金徽章获得者。

塔奎因·内维尔·伊格内修斯。多么搞笑的名字！

但这也没能使我振奋起来。我不停地搜索、浏览网页。全是些关于“斯莫克大发现”的文章，几乎所有文章都配上了他那张手举玻璃底片的照片。没有任何关于奶奶的线索，没有任何看上去像证据的线索。

这终于促成了我写信给首相。或许她可以弄清事情的真相？她可以派军情五处去调查！我在政府网站上找到她的邮箱地址，写下这封信。

亲爱的首相大人：

我希望这封邮件能被你看到。我爸爸给客户写公务邮件时总会带上这么一句话，而且我想让你明白，这封邮件事关重大，是关于窃取科研成果的。写这封邮件时，我试图找到一句相关的引言来开头，像基根先生教我们的那样，但你猜怎样？根本找不到。所以我只能这么写了：

**塔奎因·内维尔·伊格内修斯·斯莫克教授，基础天体物理学博士，蓝彼得金徽章获得者，窃取了我奶奶1967年的科研成果——她发现的星球被证明是一颗行星。因为这项**

**发现，斯莫克教授将于本周日被授予诺贝尔物理学奖。**

以上文字黑体加粗，因为我说过的，它事关重大。

我奶奶是乔丝·摩尔教授，她才是那颗行星的实际发现者，但由于她是女人，当时没有人相信她。希望身为女性的你能够相信她。

你能否保证诺贝尔奖不让斯莫克教授得到，而是颁给我的奶奶？还有既然走到了这一步，能否把他的蓝彼得金徽章也取消了？那样就太好了。

万分感谢！我虽然没有投票给你，因为我只有十二岁，但如果六年后我能够投票时，你还在位的话，我会投给你的。

十二岁的玛蒂尔达·摩尔

发明家（主要发明了便利手，但我还在发明其他东西）

另：我的爸爸妈妈也准备给你写信，但他们的信肯定不及我的一半有趣有才（但他们的用意是好的）。

我刚点下“发送”键，“叮”一声，一封新邮件抵达我的收件箱。主题是“自动回复：唐宁街10号”，邮件上写着：

感谢致函首相办公室。所有邮件都会审阅，我们尽力保证您在一个月内收到回复。

一个月？看来是不能指望写信了，不是吗？我叹口气。没有确实的证据，就更无望了。或许爸爸妈妈是对的。

我再次一页页翻阅检索结果，以防漏过了什么。但页面上全是斯莫克教授和他那张扬扬得意的脸以及他的玻璃底片。我眼皮开始打架了。我看了眼电脑上显示的时间——凌晨3：07。哎，要是奶奶没有把她所有的文稿都扔掉，要是……

一个念头突然闪进我的脑海。

那张布满黑色斑点的玻璃底片。我以前见过，千真万确！而且不仅是在过去半小时我已翻来覆去看过无数次的十页网络检索结果里见过！

我关掉电脑，三步并作两步，飞奔上楼。我冲进卧室，在床下一阵翻找。

我拽出奶奶之前给我的爷爷工作间留下来的纸盒，一把抽出那张长方形玻璃底片。它和斯莫克教授手上的那个一模一样，只不过它的底部写着奶奶名字的缩写J.M.及日期。我仔细看了看那些黑色斑点。它们布满整张底片，五个斑点团聚在底片正中央，其中一个斑点比其他几个稍微亮点。

“XT28E。”我轻声说。一定是它。

这就是了！这就是奶奶的证据！是她发现了那颗其实是

行星的星体，有此底片为证！

是时候告诉全世界了！

我跑过走道，闯进爸妈的卧房。“我有证据了！”我高呼。

老爸一屁股坐起来。他戴着黑色眼罩。半睡半醒间，他挣扎着把眼罩摘掉。“怎……怎么回……回事？”他嘟哝道。他的头发朝三个不同方向翘着。

我拧开卧室的灯，把玻璃底片塞到爸妈面前：“奶奶给那颗星球拍了照片，只是她以为自己把它扔掉了！其实爷爷这些年一直把它保存在自己的工作间里！”

老妈从床头柜摸索出她的眼镜，她和爸爸仔细研究起照片。“这可以是任何东西啊。”老爸皱着眉头说。

我们没时间磨蹭了。“就相信我一次，”我说。我在心里列举旅途需要的东西。“这就是证据。咱们开始收拾打包吧。”

“玛蒂尔达，”老爸警告道，“别闹了。”

“什么？我们必须赶去斯德哥尔摩！”

“这也太早了吧，亲爱的，”妈妈安慰道，“我们为什么不可以明天一早再坐下来好好谈谈？”

“但是——”

“不行，”老爸语气异常平静而坚决地打断道，“你奶奶才不会跨越半个地球跑到瑞典去，就因为一张鬼才知道拍的是什么的旧照片。我们要按合理的方式处理问题。谈话结束。回去睡觉。”他重新扯上眼罩，躺下睡觉。

“这才不是鬼才知道拍的是什么的旧照片呢，”我咕哝道，“这是证据。”

但老爸对我的话直接忽视。

还记得我之前提到的那个大名鼎鼎的家伙，托马斯·爱迪生吗？他发明电灯泡时，没有一个人支持他，因为大家都认定他必然会失败。当他终于发明出电灯泡时，那是他的第1000次尝试。1000次啊！大多数人还没尝试到100次就放弃了，尤其在所有人都不看好的情况下。

但如果那样的话，我们现在晚上还会生活在一片漆黑中呢，不是吗？

当有人问他“失败1000次的感受如何？”时爱迪生回答道：“我哪有失败1000次。只是发明电灯是一个需要走完1000步的历程罢了。”托马斯·爱迪生是我心目中的英雄。你可能已经猜到了。

所以，我还不至于笨到和老爸争吵。除了说“爸爸，事实上瑞典只有1100英里①之遥。我刚刚上网查过了，所以算不上跨越半个地球，但你什么意思我很清楚”，我还有更好的办法。

而且我也知道，不能一开始就放弃。

---

① 1英里约为1.609344千米。——编者注

# 7
# 女士造的桥

我没有回去睡觉。

我溜回自己的房间，把一路上所需的东西都塞进帆布背包：素描本、铅笔、橡皮糖、水杯、螺丝刀、扳手、老虎钳、卷尺、奶奶的照片底片（我对之格外小心，还特意用旧外套包住，以防意外），当然了，还有便利手。

我从床底下取出藏钱的特百惠盒子。这些钱，从便利手获得英国专利时，我就开始存了，因为我还想申请国际专利。瞧，我从艾伦·麦克阿瑟那里学来了一点小窍门。2005年，她打破了最短时间内独自一人环球航行的世界纪录。你可以想象吗？独自一人在海上，迎头劈来的浪头有双层巴士那么高，四周杳无人迹，离她最近的人类是头顶上空运营欧洲空间站的人们。她在我这个年纪，想买第一只船，但家里不给她零花钱。于是她把午饭钱省下来。在学校食堂吃饭，她只点烤豆子和土豆泥，因为这两样是菜单上最便宜的菜。

她要用省下来的钱实现目标。每天如此，她坚持了整整八年。八年来的每一天，只吃烤豆子和土豆泥！这是个什么样的女孩子啊！你知道吗，我看过她所有的TED演讲。

所以，我每天午饭只吃烤素饼，因为只需花1.3英镑，还可以把老爸给我的零花钱省下1.7英镑，用来申请国际专利。申请国际专利，得花好几千英镑。我已经存了六个月钱了。但距离我此生再也不用吃烤素饼，为时尚早，我还得坚持下去，为了实现目标。我知道其他孩子都觉得我是怪咖。就让他们等着瞧，等着全世界各地的商店都可以买到我的便利手和我成了YouTube红人的那一天吧，到时再看我到底有多怪，好吗?

也就是说，我的国际专利得先靠边等一等了。老爸老妈可能不这么认为，但把奶奶——和她的照片底片——赶在周日之前弄到瑞典，才是更迫切、要紧的。我们总不能坐在家里等首相的回复等一个月吧。这是唯一可行的办法。

太阳渐渐升起。我脱掉睡衣，换上蓝色工装裤，内搭一件我最爱穿的紫色T恤，上面印着元素周期表，还有一句“这件T恤，我周期性地穿”。因为是周期表嘛，懂了吗?我超喜欢。

我裹上海军蓝牛角扣大衣，套上白色匡威帆布鞋，然后确认过爸妈还在熟睡后，就偷偷下楼，从前门溜走了。

我从小到大从没做过这等事——离家出走。但这次，我是为了奶奶。我敢肯定，爸妈一定会原谅我的。到最后一定会。或许在我离家上大学的时候。

我走去养老院的路上，没碰见一个人。周六的早上，人们大概都在睡懒觉，犒赏自己一周的辛劳。不过，也可能与睡懒觉无关，毕竟现在才凌晨4:53。

我拐过街角，来到坎特伯雷爱心之家门口时，心一下子跳到了嗓子眼。养老院一楼的灯全部亮着，车道上停着一辆警车。我就知道——全凭感觉——出了什么事。

我闯进养老院的大门，飞奔向休息厅。休息厅里挤满了人——养老院的老人们全体都在了，他们穿着睡衣睡裙，假装在看电视，其实是在偷听一名警察训斥某人。

那个某人就是奶奶。

“——真是浪费警力资源，我们还得找你，把你送回来。”警察抱怨着。

休息厅里热闹起来。大家这么早起床，都还头昏眼花着，因为从来没有谁试图从养老院逃跑过。也没有人愿意逃走，这里条件不错，老人们又不是过着囚犯一样的生活。

我身后的一对女士窃窃私语道：“我听说她是要朝机场跑！”

两个都穿着紫色睡袍的老头儿，在牌桌上玩喊“对儿”游戏，他们一边玩牌，一边互相嘀咕着：“不可否认，这位女士有胆量——”

休息厅一角的书柜旁，站着一老头儿，穿着一双海军蓝船鞋，他自言自语着：“向西十三海里，风把她刮走了！”

但我想他这句话与此情此景毫无关系。

我直接冲上前去。“怎么回事？”我大声问道，直接忽视那位皱着眉头打量我的警察。

“玛蒂尔达，亲爱的，”奶奶吃惊地问，“你在这里干什么？”

直到那时，我才发现，原来奶奶一直紧紧抓着她的手提包，她穿着红色大衣、针织白毛衣、非常厚的棕色羊毛裤和登山靴。一个想法突然蹦入脑海。“我和你在做同样的事！”我叫道，“出发去瑞典！”

奶奶一脸羞愧，但还没等她开口，一位戴着蓝色围巾的女士向我们走来。我认出她是养老院经理，哈格德小姐。她人很和善，只是一直一脸疲惫、压力很大的样子。“我已经通知了摩尔女士的儿子，”哈格德小姐对警察说，“这个点被吵醒，他很不开心，不过他马上就到。”

我看向奶奶，倒吸口气。过不了多久，我父母就会发现我不在床上睡觉。我们俩都要有大麻烦了，而且不仅仅是因为这将是老爸在那一天清晨第二次被意外地吵醒。

“很好，”警察点点头，“我就交给你处理了。不过，摩尔女士，”他又加了一句，“你可别成惯犯了。”他临走前严厉地看了我俩一眼，才让哈格德小姐带他离开。

我不禁感到特别内疚。毕竟，从养老院逃跑的主意是我的。“对不起——”我说。

奶奶抬手阻止我。“别！”她坚定地说，“是我一时发昏，不是你的错。不怪你。”

“我得给你看样东西。”我手伸进背包，怯怯地说。我知道她刚刚才在警察那里碰了钉子，但我还是忍不住把玻璃底片拿给她看：“我找到了这个！”

奶奶惊讶地大喘一口气。“你怎么——？”她结结巴巴地问，“你在哪里——”她紧紧握住底片，绽开笑容。她好奇、仔细地看着底片。“我好多年没看见了，”她眼里满含泪水，喃喃道，“你知道吗，这张底片就是我发现XT28E那晚拍摄的。”

奶奶抹着眼泪，一位上了年纪的女士，先前坐在休息厅一角的留声机旁，这会儿蹒跚着向我们走来。“你好，”她满脸笑容地说，“我是格拉迪斯，这件事我从来没有和别人讲过，我曾负责过伦敦滑铁卢桥的修建。”

彻夜未眠再加上一大早离家，这会儿我开始感到不适，眼皮发沉。“然后呢？”我问。

“1941年，”格拉迪斯继续道，“正值第二次世界大战，男人们的活儿得靠女人干。男人们在前线打仗，但滑铁卢桥需要整修。之前的桥基出了问题，在‘一战’的闪电战中受损严重。所以我们就建成了。不同背景的年轻女人们聚在一起，重建大桥，几个月后，瞧！桥修好了。”

“真了不起！”我说。修建大桥？女孩们做很牛的事？我最喜欢听这种故事了。

“那当然了，孩子，”格拉迪斯说，“可我们没有得到任何感谢。战争结束后，为新桥落成举办了正式的庆典。一位官员讲，”格拉迪斯闭上眼睛，将她七十二年前听到的话原原本本复述出来，“建造滑铁卢桥的男人们都是幸运的人。他们知道，即便名字被遗忘，他们造的桥也将造福子孙后代，成为伦敦的骄傲。”

格拉迪斯睁开眼睛，“瞧，”她轻声说，“我们的名字就这样被遗忘了，连同我们的贡献。”

我紧紧盯着她，想从她脸上看出她要表达什么。“瑞典的事，我们都听说了。”格拉迪斯继续道，其他老人也一道应和着。“我们都认为你们应该去。”她说。

听到这句话，我如同注入了一针强心剂。所有的疲惫顿时烟消云散。“什么？”

格拉迪斯低头看她穿着拖鞋的脚，曲张的青色静脉一路蜿蜒至小腿肚。“我腿脚不行了，最近上楼都艰难，”她说，“但假使我有力气走到我们造的那座女士之桥，把事情纠正过来，相信我，我肯定跑得比子弹还快。”

“上帝保佑你们！”休息厅另一边，一位卷胡子的长者大声叫道。

格拉迪斯握住我和奶奶的手，握得紧紧的。“所以你一定要去，”她坚持道，“必须去。为了我们所有人！”我张开嘴想说点什么，但格拉迪斯的手握得更紧了。“为了正义！”她高呼道。

“为了正义！”休息厅里，人们此起彼伏地应和道。

“也为了荣誉！”卷胡子的长者再次高呼。

“还有海鸥！”穿船鞋的老头儿大叫道，这一次，我还是不确定他是否和我们在同一个语境。

我和奶奶互相对视了一眼。我们都看得出对方心里在想什么：

——她是认真的吧？

——我们应该这么做吗？

——我们能够做到吗？

——这是正确之举，不是吗？

——昨晚还有剩下的蛋糕吗？

最后一条突然蹦入脑海，我还没吃早饭呢。

“快走！趁现在！”格拉迪斯催促道，“在你们的家人赶来之前。我们会帮你们的。”

我看向奶奶，她手里还紧握着玻璃底片。“我的意思是，我们现在也有证据了。”我笑着说。

奶奶看看我，又看看底片，最后看向格拉迪斯。“真的吗？”她小声地问，“你们真的会帮我吗？”

养老院的每位老人都从椅子上努力挣扎着站起来。“阻止我们，试试看！”卷胡子长者大声表态。他敬了一个礼，其他老人也兴致勃勃地模仿起他。

“那将是我们至高无上的荣幸。”格拉迪斯咧嘴笑道。

# 8

# 逃离养老院

“快点！”一位老人看着窗外低声叫道，“你儿子已经到了，乔丝！”

窗外传来砰地摔车门的声音。碎石路上，响起嘎吱嘎吱的脚步声。“摩尔先生，”哈格德小姐在门前的台阶上招呼，“快请进，来我办公室。我已经叫莉丝去接您母亲了。”

休息厅里，卷胡子长者又敬了一次礼。“快拿玻璃球！”他叫道。

牌桌上的两个老头把手伸入口袋，取出一袋玻璃球。他们面带淘气的微笑，把玻璃球撒向地板。大家看着玻璃球一只只滚落在地毯上，各就各位。

就在这时，一名瘦瘦的、一头黑色鬈发的护工突然闯了进来。“我要找乔丝·摩尔，啊——”莉丝的话变成一声尖叫，她不小心踩到了玻璃球。她疯狂挣扎，手舞足蹈地寻求着平衡，但是没站稳。她大叫一声“啊！”仰面倒地。

格拉迪斯看向奶奶和我。“走！”她低声催促道。

我们不能再等了。“这边！”我叫道。我们小心避开脚下的玻璃球，飞快穿过休息厅，横跨过莉丝的身体。与此同时，莉丝正挣扎着站起来。

我和奶奶一路飞奔，跑出休息厅，穿过走廊，来到养老院后门。就在出口触手可及之时，我们右手边的房间传来一个声音。

“——真不知道这吵吵嚷嚷的在干什么，”这人气鼓鼓地说，“那么多活儿要做，哪有时间跟个疯子一样东奔西跑的——”

我在门边窥探。房间里，一位蓝色头发的瘦小清洁工，正跪在地上，使劲刷洗着壁脚板。她正面对着房间门口——我们要逃跑的话，必然被她发现。

真气人！我们总不能得到了大家的帮助，结果连养老院的大门都逃不出吧。

一个点子蹦入我脑海。走道不远处放着清洁工的洗衣篮子。不像我卧室里的柳条筐（根据我老妈的说法，我从来不把脏衣服放洗衣篮子里，总是东一件西一件地随手扔在地上、栏杆上、床上……），这个洗衣篮子是标准的工业用尺寸，大到可以装下养老院所有的桌布和餐巾，和我们学校门口的垃圾桶一样大。

“奶奶，”我一边低声说，一边退回走廊，可以听见休息厅里玻璃球引发的骚乱还在继续，“快进来！”

奶奶来来回回看着我和那只巨型洗衣篮子，有点难以置信。

“我有一个方案，”我安慰她道，虽然这个方案基本上就是——到篮子里去。“我来推你，”我打开帆布背包，“你想把手提包放进来吗？以防万一？”奶奶问都不问“以防万一什么？”就把包塞进来了。我从她手中接过照片底片，也一同小心翼翼地放进背包里。我重新背起背包，双手托在胸前。“我托你上去。”我说。我从没见过她如此惊讶的表情，但她还是二话不说就把左脚踩在我手掌上。厉害了，奶奶！

我使出全身力气向上托举。奶奶抓住洗衣篮子边沿，用了很大力气，把自己塞了进去。“哇！”她大叫一声，跌进一堆枕巾和毛巾里。

我抓住篮子边沿。篮子太高了，我踮起脚，也看不见里边的情况。“奶奶！”我小声问，“你还好吗？”

奶奶出现在篮子口，脑袋上顶着一块餐巾。看她卷卷的白发上缠着一块餐巾的滑稽模样，我好不容易才憋住笑。“我们赶快离开这里。”她气呼呼地说。

我俯下身，瞄到洗衣篮子的底部装着一个操纵杆——刹车装置——便狠狠踢了一脚。“对不起，这不是餐车。”我咯咯笑着，推着洗衣篮往后门走去。有时，我在乐购超市推购物车，会特别吃力，生怕撞倒货架上的番茄罐头。这次，我推的“货物”更重了，也更贵重。我一路吹着小曲，好似一个十二岁的小孩在养老院里推着一只工业尺寸的洗衣篮子是再正常不过的。我们就快到门口了！

“你在干什么？”耳边一个声音说。

我差点吓得魂飞魄散，转头看见清洁工站在我身后，双臂抱在胸前，一脸狐疑地看着我。

“我……我和哈格德小姐说过，来帮忙的。”我结结巴巴地答道，“里面那么的——”我努力回想这名清洁工之前用的词儿，“吵吵嚷嚷。”我头向后扭，意思是休息厅那边，“好像您还不够辛苦似的。”

清洁工拿手在围兜上蹭蹭，把我领进她的房间。“谢谢你，”她过了一会儿才笑着说，“是时候让他们知道我工作量有多大了。就把它停在后门旁边吧，真乖。”

我用袖子擦了擦额头上刚冒出的汗珠，然后继续向后门走。

“干得漂亮，玛蒂尔达。”奶奶在洗衣篮子里说。她的声音闷闷的，虽然她埋在一堆布下面，但我还是很高兴听到她的鼓励。

“什么声音？”清洁工突然又出现在我身旁。说实话，她这听力，都赶得上蝙蝠了。

“哦，没什么，没什么。”我结巴道，“呃，冰皮面包，玛蒂尔达。我特别想吃呢。哈哈哈，拜拜。”我迅速拉开后门，推着篮子，头也不回地走了出去。

我依照她的嘱咐，动作浮夸地把篮子停靠在墙边，演戏给她看。我又吹起小曲，一边哼着“这边没什么好看的啦”，一边拉紧背包带子。我知道那名清洁工一直在盯着我的一举一动。

休息厅里的吵闹声平静了下来。我听不见格拉迪斯和其他老人的声音了。每分每秒，爸爸都有可能过来寻找我和奶奶。我们必须得离开了——刻不容缓！

“快点，”我压低声音愤然道，用意念对着那愚蠢的清洁工施咒，希望她赶紧滚回去干活儿，别再像只老鹰似的盯着我，“走开！”

过了好久，简直像过了一辈子，清洁工才从桶上拎起抹布，一摇一晃地去干活儿了。终于！“奶奶？”我转身回到洗衣篮子旁，悄声问。

只是——洗衣篮子不见了。

那只工业尺寸的洗衣篮子正沿着花园小径飞速滑动，越滑越远了。

“奶奶?！”我压低声音叫道。我一定是忘了踩刹车了！哦，千万别让奶奶出事啊！

篮子里传来瓮声瓮气的“唉——唉——唉——唉——唉”，是奶奶颠上颠下发出的声音。篮子如子弹般从养老院后大门射出，一路滑过人行道，然后砰的一声停在了马路的正中央，正好堵在了一辆迎面而来的车的正前方。

# 9

# 西坎特伯雷地区速度最快的送奶车

**距离斯德哥尔摩1128英里**

幸运的是，这迎面驶来的车是一辆送奶车，正以比蜗牛还慢的速度行驶着。

洗衣篮子顺着花园小径滑行之时，一名叫乔·斯奎尔斯的老头儿刚送完奶，正往回赶。周六上午，他生意不错，为阿尔诺亚姆的137名住户送去了全脂、半脂、脱脂牛奶及橙汁，还为住在樱桃树街47号患有乳糖不耐症的格兰瑟姆夫人送去了一箱杏仁乳。

但当他看到一位老太太从洗衣篮子里跌出，倒在路的正中央、他的正前方时，还是吃了一惊。

乔·斯奎尔斯猛踩刹车——送奶车嘎吱一声停了下来。

"哦，我的天。"他一边惊叹，一边擦着镜片，确认自己没有看错。

"喂，别光愣在那儿啊，"奶奶四仰八叉地趴在地上，大叫道，"能扶我起来吗？"

乔·斯奎尔斯从车上爬下来。我从花园小径的尽头钻出来。"奶奶，"我叫道，"你没事吧？"

我和一脸蒙圈的乔·斯奎尔斯合力扶奶奶站了起来。"幸好我开得慢，算你走运，"乔说，"不然肯定撞上你了。"

我超级内疚。还没跨过第一道坎儿，奶奶就"牺牲"了，这可不是我的计划。其实我们也没什么计划啦。但不论哪一种计划，不论哪一道坎儿，奶奶都不能牺牲掉。

很明显，我们需要外援。

"没事啦，先生，"我说着，一个点子蹦入脑海，"我们不会告你的。"

乔·斯奎尔斯顿时挑起眉头。

"条件是……你开车送我们去多佛。"我把话说完。

说着，我领奶奶来到送奶车的后部。那天早上，我第二次把双手托在胸前。奶奶已然轻车熟路，于是，我一个大力托举，便把她推上了车。她在一只倒放的板条箱上坐下来，手扶着送奶车边沿。"有点挤。"她说。

"等等！你们不能这样。今天是周六，"乔·斯奎尔斯抗议道，"是我生意最好的一天。"

我手扒着车的边沿，爬了上去。我挤到奶奶身边。“好了你就开车吧，”我大声说，“我们可没时间陪你耗！”也许还有一线希望及时赶到斯德哥尔摩市政厅，我们必须出发了。

乔·斯奎尔斯简直无法相信眼前发生的这一幕。他难道真的被一位留着爱因斯坦爆炸头的白发老太和一个天不怕地不怕的小丫头给劫持了，然后不得不乖乖地开车去多佛吗?

你们一定在想，我怎么知道。让我们打个比方，人们通常会在事后无比热情地向人兜售他们的故事版本，他们希望全世界都知道自己是如何参与了事件。所以，在我向你们讲述他人的心路历程时，你们就姑且接受吧。

因为彼时彼刻，我在驶往多佛的送奶车后边调整位子、保持平衡时，心里对接下来的旅途完全没数，也完全想象不到路上将遇到的形形色色的人。彼时彼刻，坐在那个颤巍巍的老头子开的送奶车后边，我真心怀疑我们连路的尽头都到达不了，这确是实话。

# 10

# 一片欢呼

养老院里，一切又回归“平常”。玻璃球被移除了。清洁工还不知道洗衣篮子翻倒在了马路中央。卷胡子长者非常有说服力地告诉爸爸，奶奶想一个人坐在花园里静静，好好反省一下自己惹的麻烦。格拉迪斯灵光乍现，穿上奶奶的旧外套，蹒跚着走到草坪深处。因此，当爸爸从休息厅的窗口向外望去时，他深信花园里红衣白发的老太太就是他母亲。他决定先让她坐一会儿，再去和她对质。

养老院休息厅以外的地方空无一人，其余的老人都在二楼，聚在飘窗旁的望远镜前，轮流通过望远镜观望着。

他们欢欣鼓舞地看着奶奶和我爬上送奶车。看见乔·斯奎尔斯发动引擎，载着奶奶和我离去，他们高兴得欢呼，欢呼声响彻养老院。

奶奶成了所有老人的榜样，她没有在一开始就放弃。如果有人能够急行至瑞典，及时拦下斯莫克教授，那人一定是乔丝·摩尔。

或许，真如那句话所说，车到山前必有路。

# 11

# 多佛白崖

阿尔诺亚姆离多佛不远，开车只要二十分钟。我们乘送奶车却足足熬过了漫长的九十五分钟：因为乔·斯奎尔斯那天早上已经在公路上遭遇过一次不测，他不想再出岔子了。于是，他把车速稳在每小时十英里。然而，以这个速度行驶在去多佛的高速公路上，不太理想。

我选择不去理睬堵在我们后边的一长排车辆的司机们抛来的白眼。他们焦急万分，却什么也做不了，只能跟在我们后面，以龟速爬行，冲送奶老头儿和挤在车后边的我们绝望地按着喇叭。我从背包拿出速写本，从耳后取下铅笔，快速地绘着图。路途颠簸，我绘出的图也歪歪扭扭的，但这是我表达感谢的方式。

嘿，知道吗？你在这本书里还会学到一些知识。下次再看《冷知识百科》节目[①]时，可以拿这些知识惊艳到你的家人。比如：

**玛蒂尔达·摩尔趣味知识1**

多佛港是距离法国最近的英国港口，最窄处只有21英里。

隶属肯特郡，是世界上客流量最大的港口之一。每年大约接待：

16000000位游客

2100000辆货车

2800000辆汽车及摩托车

86000辆马车

1辆送奶车（只在今年，只有一次）

以上知识，拿去不谢，“万事通”的美名非你莫属！

乔·斯奎尔斯把送奶车稳稳当当停进港口附近的停车场时，似乎全年1600万游客都在了：多佛港上人声鼎沸、熙熙攘攘，到处是汽车、货车、马车，还有一车一车的准备通过海底隧道去法国的游客。车辆分成四队，缓缓挪向泊在岸边

① 英国广播公司的一档电视答题游戏节目（*Pointless*）。——编者注

的一艘白色巨型渡轮。穿黄马甲、戴黄头盔的工作人员正挥手指挥车流前行。

乔·斯奎尔斯伸出颤巍巍的双手扶我下车。我跳下来，转身再帮奶奶下车。

“您是位真正的绅士。”她对乔·斯奎尔斯说。说实话，他还是一脸蒙。“您自己都想不到，您帮了我们多大的忙。”

我从速写本撕掉那一页刚刚绘好的图纸，递给乔。“我有几个想法，”我说，“可以使送奶车的悬架更为平稳，这样你送奶路上就能少些颠簸，也会减少牛奶瓶子相互碰撞的概率。”

乔·斯奎尔斯一脸惊讶地看着我，好像我是艾米丽·卡明斯等大发明家似的。“真了不起。”他说。

我耸耸肩。“算不上什么。只是简单的物理。”

乔·斯奎尔斯歪歪头，然后把图纸又塞回到我面前，“请给我签个名，”他说，“我估计你早晚会出名的。”

我龙飞凤舞地签好名。“多谢载我们一程，”我说着把图纸递回给他，“万分感谢。”

“不客气。”乔说。我和奶奶目送他爬回送奶车，驶出停车场，驶出我们的生活。

“嗯，他人真不错。”我说。我们运气不赖，撞上一个好人，载着我们去了我们需要去的地方，而且这个好人还相信我有朝一日会成为一个大发明家。

“那么，我们现在怎么办？”奶奶问道。

我肚子咕咕叫了。我忘了吃早餐。我从背包里拿出一袋糖果。“呃，”我一口咬下绿色橡皮糖娃娃的脑袋，“我们倒是有钱买轮渡票，但咱俩都没护照。你的过期了，我压根儿没出过国。”我看向穿黄马甲的乘务员，正挥手指挥着车辆前进。“或许哪家人同情我们，让我们挤在后备厢里。我们总不可能步行，是吧？”

奶奶一边嚼着糖，一边皱起眉头。“是不可能，”她边大口咽下糖果边说，“我太兴奋了，光顾着逃跑，忘了想好怎么去瑞典。”

我手指轻敲下巴，环顾四周。一定有办法的。

我们的左手边，是通往轮渡的停车场。右手边，是一座小型码头，停泊着小型私人船只。再往远处，依稀可见一大群人聚在码头上，站在“多佛年度游泳大赛！”的指示牌下。有些穿着泳衣，戴着泳镜，正准备跳入英吉利海峡。有些则明显是来加油助威的，举着如下标语：

**你能行，妈妈！**

**弗莱德·琼斯为癌症研究游泳！**

还有：

**高尔夫器材大甩卖，这边请**

但我不清楚这和慈善游泳有什么关系。

“或者我们可以游过去？”我盯着英吉利海峡说。不用看奶奶的表情，我也知道答案了。之前我叫她藏在那只会自己乱跑的洗衣篮子里，已经害得她差点儿浑身骨折。再让她游过英吉利海峡，那得要了她的老命。

“等等，”我说，一个点子又蹦入了脑海，“私人船只！快！”

我拉着奶奶的手，穿过停车场，来到小型码头。“或许我们可以说服某人，带我们去法国！”码头上停靠着十二艘大小不一的船只——虽然都没有渡轮那么大。总会有人怜悯我们的吧。

我们走近第一只船。“你好，”我向甲板上张望，大声喊道，“有人吗？”船上悄无声息。

我转身离开，正准备走向第二只船，这时两脚之间有什么东西蹿了出来。一个趔趄，我绊倒在地。剩下的橡皮糖娃娃从手里飞出，散落一地。

蹿出的东西立马扑向橡皮糖娃娃，把它们一口气全吞了下去。我从地上站起来，拍拍身上的灰，仔细瞧着眼前这团毛发蓬乱、骨瘦如柴的东西。

原来是只小狗——一条梗犬。我猜它的毛色原本是淡棕的，但它浑身上下太脏了，而且毛发打结严重，看上去就像它一直是在泥坑里睡觉、洗澡、玩耍的。“可怜的小东西。”奶奶在一边低声说。

“有什么可怜的？”我气呼呼地说，“它刚绊倒了我！还吃光了我们的口粮！”

可怜的小狗狼吞虎咽完剩余的橡皮糖娃娃，抬起头巴巴地看着我，眼中写满忧伤和饥饿。“滚！”我挥手驱赶着，“快滚！”

我们可没空管它。我接着走向下一只船，锈迹斑斑的，船体上的木板还缺了好几块。这条船上也没人。“天哪！”我绝望地叫道，“难道家里有船的人从来都不用的吗？”

结果还真是。奶奶和我又一一看完接下来的九只船，没有一只船的船主在船上。太荒唐了！

就在这时，我感到身边有人。我低头看见脏兮兮的小狗还一路跟随着我们。“我没有吃的了，”我气急败坏地叫道，“没——有——吃——的——了！”

但这狗听不懂英语，依旧跟着我们，我既没耐心又没可口的食物，它也一点不在乎。它找到了朋友。就在我锲而不舍赶狗的时候，身后传来一个人的声音：“要帮忙吗？”

一个身穿饰有“边境巡逻”字样的黄马甲的男人向我们走来。“你们迷路了吗？”

“呃，”我脑子飞转，试图想出一个借口，“没有，我们在找朋友。”

“你的朋友是船主，对吧？”男人一边对着码头比画，一边问。

“是啊。”我用力点头，撒谎道。身后，小狗应和似的叫了一声。这正是我们需要的。

“好吧，”男人说，“我们只是接到举报，说一个小女孩和一位女士把这里所有的船都瞧了个遍。不是你们吧，鬼鬼祟祟的？”

“呃，”我说，“是我们，不过，是因为我们忘了朋友的船是哪一只了。”

“哦。”这位边境巡逻警仔细观察着我的表情，陷入沉思。看得出他并不相信我。“好吧。我和你实话实说。我已经连续干了二十四小时，没合过眼。天这么冷，马上又要下雨了。由于海峡对岸加来的局势，警方一直在对我们施压。另外，今天下午还有一场跨海游泳，所以我们忙上加忙。但我们还是不能让人漫无目的地在码头上瞎逛。可以理解一下我吗？”

奶奶和我都点点头。

“所以你们到底认不认识这里的船主？”他语气疲惫地问道，“哪位行行好，让那条狗安静会儿行不？”

我回头瞥了一眼。小狗正在一艘白色的小船旁徘徊，蓬乱的小尾巴摇摆着。这只船就是停在码头上的第十二只，我们唯一没试过的那只。我依稀看见甲板上有两个人在走动。小狗冲我们叫着，似乎在唤我们随它一同过去。

这是我们唯一的希望。

“哈，”我指着船说，“他在那儿呢。他是我——叔叔。无论如何，谢谢了。”我抓起奶奶的手，故作镇定地从边境巡逻警身边走过，走向那第十二条船。“他还在看吗？”我低声问。

奶奶回头瞥了一眼。“还在，”她闷闷不乐地答道，“放自然点。”自然？这整件事都极其不自然。

走近后，我们看清了船上的两个人。一个是五十来岁的男人，皮肤晒得黝黑，头发斑白，正用力举起系泊缆绳。他穿着海军蓝的运动夹克，米黄色长裤，头上歪戴着一顶白色帆船帽。“安静！”男人冲码头上狂吠不止的小狗吼道。

**玛蒂尔达·摩尔趣味知识2**

狗的嗅觉比人的灵敏1000倍。

（难怪它可以闻到一英里外食物的味道。）

一位漂亮的金发女郎把手放在男人肩上。她穿一条紧身的红色连衣裙。比起多佛的小船，她更适合出现在地中海的游艇上。她的另一只手里端着一盘刚刚煎好的培根。“嘘，亲爱的。”她对男人说。我无法辨识她的口音。她大概是波兰人，或者俄罗斯人？“可怜的小家伙只是饿了。”她端着盘子，召唤小狗过来吃培根。

小狗口水直流。一早上既吃到了橡皮糖娃娃，又吃到了培根？这是它最幸运的一天！漂亮女人朝码头上扔了一块培根，然后看着小狗狼吞虎咽的样子，开心地笑了。小狗抬头看向她，满脸渴望，圆睁着一双亮晶晶的小眼睛，乞求着再给它一些吃。

一个点子蹦入我脑海。搞得好的话，乔·斯奎尔斯的戏码还可以重演。“嗨！”我一边走近，一边叫道，“这是我的狗！”我可没法儿去拍这畜生的脑袋，或者抚摸它脏乱打结的毛发，他们只能选择相信我的话。

漂亮女人上上下下打量我，眼中满含责备。“它饿坏了，”她说，“还有，它上次洗澡是什么时候？”

是时候启动阶段一了。

“抱歉，”我结结巴巴道，“只是，我们已经在路上跋涉很久了。你介意再给它点培根吗？它快饿死了。”过去二十分钟，我对这只动物唯一的了解，便是它为了食物，可以不惜一切。

女人挑起精心修饰过的眉毛看着我。然后，她还是把盘子再次伸向小狗。小狗也毫不客气。

它奋身一跃，跳上船，差点把女人扑倒。她在甲板上躲闪之间，又撞上了她丈夫，把他手中的缆绳撞掉了。那盘培根在空中飞出一个抛物线，然后砰地掉在船板上，碎了一地。小狗毫不介意，娴熟地从里面挑出培根吃。

我抓住机会爬上船，并伸出手，把奶奶也半拉半扯地带上了船。阶段一完成！

我抓住船中央的桅杆，俯身向那位边境巡逻警挥手。他还在码头上观察着我们。“这边没什么好看的！”我大叫道，“一切正常！”

“你们干什么啊？”漂亮女人愤怒地瞪着我。船突然向一边倾斜，她伸出双臂，努力保持平衡。

我假装追赶小狗，做出一副急于追回自己的宠物的样子，以掩饰在既无护照又无任何官方文件的情况下，想趁机登上一艘开往法国的船只的企图。

就在这时，整理好帽子、收拾妥缆绳的男人，突然指着我们背后，发出一声惊叫。“边境巡逻的！”他对妻子低声嘶吼道。他冲到船头，开始猛揿按钮，猛拉手柄。

我正准备告诉他，“哦，别担心，那人盯的是我们”，奶奶伸出手按住我的胳膊，示意我别说话。“别，”她悄声说，“他们以为是冲他们去的。”

戴船长帽的男人疯了似的转动舵盘，然后扭头冲漂亮女人大吼：“快收绳子！绳子！”

“可人家穿的是高跟鞋啊！”女人抱怨道，“干不了粗活儿！”不过，她还是一扭一扭来到船尾，以惊人的力气，将绳子连带着锚一把拖了上来。

船猛地向前冲。狗还在欢快地大嚼特嚼着掉落的培根，对周围发生的一切浑然不觉。

“快！”漂亮女人叫道，“他还在看！”她双手抱在胸前，“我早催过你去续执照了！”

奶奶和我交换了一个眼色。我们竟成了逃犯船上的偷渡客！“这也太刺激了，不是吗？”奶奶欢快地说。

船长拼命地转着舵盘，避开其他停在码头上的船。

“小心！”我大叫一声。我发现了一个船长没有注意到的情况——我们的船正一路驶向英吉利海峡的广阔水域……正好闯入了从码头起航的渡轮的航道。那艘白色的巨轮，比我们这破旧生锈的小船大出一百倍。

轰！！！

在我们头顶上，赫然耸立的庞然大物发出警告的鸣笛声。再差几尺，两条船就撞上了。

“等等！”船长大呼。

渡轮使我们的小船显得更小。它在水中行驶，犹如利刃切开黄油。它必定将小船撞得粉碎，而我、奶奶还有那条傻狗，都将葬身大海。我看过《泰坦尼克号》。我知道结局。

我紧紧捏住奶奶的手。奶奶紧紧闭上双眼。好吧，就这样了。这个世界永远不会知道斯莫克行星的命名错误和奶奶到底有多聪明了。也永远不会有便利手在全球三十二个地区销售的那一天了。

那一刻，船长倾尽全身力气，死命地将舵盘转到最左。船猛地向前一冲，在最后一秒，躲开了渡轮。

“哇呜！”船长大叫着，为自己的高超船艺高兴得手舞足蹈。“刚刚那舵掌得真漂亮，我自己都不得不夸赞自己！”

奶奶拭去眉头上的汗水。“刚刚那一瞬，我仿佛看到了自己的一生在眼前闪过。”她上气不接下气地说。

我们双腿颤抖着站起来。我感觉胃还停留在脚踝处。刚刚真是惊险。“至少我们成功了，”我大笑着对奶奶说，“我们就要去法国了！”而且我们躲过了被轮船撞翻这一劫。真好。“现在没有什么可以阻挡我们了！”

漂亮女人来到舵盘前，和她丈夫一起，狠狠瞪着我们这两个使他们陷入如此险境的偷渡客。“你们最好讲清楚。”女人冷冷地说，脸上没有一丝笑容。

我咽了一口唾沫。这一劫，我们又该如何躲开？

## 12

# 爸爸没有上当

格拉迪斯在坎特伯雷爱心之家花园里的长椅上枯坐了足足半小时，爸爸才起身去看乔丝奶奶的状况。可那位明显不是乔丝奶奶。

格拉迪斯在十二月的寒风中冻得牙齿打战。她用力搓手取暖，应该可以回屋了吧——我们已经跑出了相当一段距离。二十分钟前，她听见养老院二楼传来很大的欢呼声，所以我们的逃跑计划一定是成功了。

她正做着手捧一杯热茶的美梦，却听见爸爸的声音在身后响起。“妈？”他说，“你不回屋吗？咱们进屋聊聊吧。妈！”

那一刻，格拉迪斯多么希望自己拥有一双五十岁人的腿，那样她就可以拔腿而逃。一双手搭上了她的肩膀。“妈？”爸爸半信半疑地说，这位看上去并不像他的母亲。

格拉迪斯转过身，冲他笑了笑：“怎么了，亲爱的？外面挺冷的，是吗？”

爸爸惊得目瞪口呆。“我——我很抱歉，我以为你是——”他口气软了下来，拼命地四处张望，“你看见我母亲了吗？乔丝·摩尔？”

格拉迪斯尽她所能显得无辜。“没看见，”她回答说，“没有，我想没有。”她的声音卡在喉咙里。她突然紧张起来。“没，我没有。我的意思是，很长时间都没见到过她了。好像有一天了吧。还是一个月。我忘了。事实上，我觉得我自从1997年起就没见到过她。”

爸爸眯起眼睛打量她。他看见她身上那件不合身的红色外套。这件事十分蹊跷。

然后，他恍然大悟。

“我就不信了！”他怒吼道，转身冲回养老院，穿过大厅，奔上二楼，闯进奶奶的房间。预料之中，房间里没人。但她的外套不见了——她的手提包也不见了。

他从灰裤子的口袋里掏出手机，拨打家里的电话。妈妈在铃声响过四次之后接起电话。“玛蒂尔达呢？”爸爸问。

“怎么了？”妈妈打着哈欠，迷迷糊糊地问道。

“去她的房间看看。”

妈妈叹口气。“你等着。”她说着，放下话筒。

爸爸在奶奶的房间里来回踱步，等着妈妈去看我已然空荡荡的小床回来。“她不在，”过了一会儿，妈妈气喘吁吁地对着话筒讲，“她——她在哪儿呢？”

爸爸长出一口气。“她和咱妈在一起。我想咱们不用猜都知道她俩现在何处。”他手伸进口袋，取出车钥匙，“我过去接你，然后我们一起到街上找找。”他说着，急匆匆从养老院二楼跑下来。

“好的，”妈妈尽力保持平静，“我会不停地打玛蒂尔达的手机。”

“不用慌张。” 爸爸说，他也在努力保持淡定。他十二岁的女儿和八十岁的母亲一门心思要去瑞典，身上既没钱也没护照，更没有交通工具，“他们跑不远的。”

他大错特错了。

# 13

# 外婆奥尔加的快手料理：柠檬橘子酱茶渣蛋糕

**玛蒂尔达·摩尔趣味知识3**

一次闪电释放的电量足以烤熟100000片吐司。

（漂亮女人的一瞥比闪电更为致命。）

天上乌云翻滚。女人恶狠狠地瞪着我，脸色铁青。“小丫头，你最好给我讲清楚。”她嘶吼道。

我两手一摊，只简单说了句：“我们现在在海峡正中央，你们总不可能把我们扔海里吧。”

女人眯起眼睛，说：“那倒不一定。”

我看了眼汹涌的海浪。船驶过，在海面上留下一道白沫似的浪花，仿佛刀斧劈开的裂痕。海的气息灌满我的肺腑。还有别的什么气味。是——一股烧焦的味道？

“我们也不想惹事，”奶奶突然插话，“我们只是想借道法国，去瑞典。”

“你们硬生生地闯上我们的船，害得我们差一点撞上轮船——我们凭什么不报警呢？”漂亮女人说。

一个点子蹦入我脑海。“你们好像很急于躲开边境巡逻警。”我抱着手臂说。我才不要被动地回答她的刁钻提问呢。

“嗯，是，”女人的脸突然涨红了，大声嚷道，“那个，嗯，不一样的。”

我正准备问“怎么不一样？”，突然，船的后部发出一声巨响！

“哦，不！不不不不不！”船长大叫道。他从船尾跑到船头，一路横冲直撞，差点把他妻子、奶奶和我撞到海里。“斯维特兰卡，你来掌一下舵！”

漂亮女人——斯维特兰卡——无奈地摊摊手，一扭一扭地去掌舵了。

我在好奇心驱使下，尾随船长来到船后部。安装在船尾的黑色小引擎正冒着黑烟。“我们刚才那么急地掉头离开码头，一定是把什么东西撞裂了。”船长哀叹道。他绝望地拧着手，“我最不擅长处理这种问题了。”

我一把扯下背包，取出螺丝刀、扳手和老虎钳。“我来看看。”我说，一边挥动着手中的工具，一边爬过后座去检查引擎。

船长讥笑道：“我看算了吧。我们掉头。”

嘀，他完全可以缓速前行！

“艾伦·麦克阿瑟女爵在那次打破世界纪录的环球航行的第十五天，”我说，“她的主发电机坏了。她不得不打着手电筒修理发电机。大半夜。气温在零摄氏度以下。船以每小时七十海里的速度在好望角附近疾速前行。我想一个小小引擎我还是可以搞定的。”

我戳了戳机箱，注意到发动机很烫，并检查了电池和火花塞。它与汽车的内部运作原理相似，而汽车发动机我在八岁时已经鼓捣过。显然，爸爸并不知情，我也不准备告诉他。每次开车出门，他都要求我们在汽车座位上垫一个塑料袋，生怕剐蹭到座椅的皮套。你能想象他知道我拆卸了汽车发动机时会有多生气吗？“你的一个水泵叶轮断掉了，”我一本正经地说，“简单。拿笔来。”

船长不可思议地看着我，惊呆了。“在我包里。”我补充道。他微微一颤，回过神来，在我的背包里翻找起来，翻出了便利手和一支黑色圆珠笔。他把笔递给我，我把笔揳入引擎中。它与断掉的叶轮形状、尺寸正合适。和我预料的一样，发动机立马冷却了下来。

“好啦！”我站起来，从船长手里取回便利手和我的背包。

“可——你是怎么——？”他语无伦次地说。

我笑了。斯维特兰卡一边掌舵，一边好奇地来回打量着我和她丈夫。“请哪位给我解释一下到底发生了什么，好吗？”船长气急败坏地说。

“我是一个发明家，”我指着便利手说，“我正在存钱准备申请国际专利。但这比起我奶奶，微不足道。我奶奶本应该是知名的科学家。我们就是去拆穿那个窃取她名分的人的阴谋的。他马上就要被授予诺贝尔奖了。”

船长和斯维特兰卡看着我，好像我是个疯子。我简直能看见他俩的脑子在飞转。过了一会儿，船长向我伸出手。“快闪[①]。”他说。

奶奶和我同时弯下身，抱着头。“为什么？”我大叫，“又怎么了？”

船长脸红了。“不，不，”他挤出一个笑脸，说，“那是我的姓。克里斯托弗·彼得·达克。”

我直起身。“等等，”我忍住笑，说，“你的名字是克里斯·P.达克？香酥鸭[②]？”原来世界上还有比托马斯·托马斯的父母更蠢的人？

“我希望你最好别提这个，”克里斯咕哝道，“这位是

---

① 原文为“Duck”，有闪避的意思，作为姓氏译作“达克”。——译者注

② 男人的名字为“Chris P. Duck”，与香酥鸭的英文“crispy duck”谐音。——译者注

我太太，斯维特兰卡。”

斯维特兰卡翻了个白眼。“我讨厌他的名字，”她语气强烈地说，“我才不要叫斯维特兰卡·达克呢。”

“刚刚那边发生的事，边境巡逻的，不好意思哈，”克里斯说，“只是——理论上，我们没有停泊许可证，不能把船停在多佛码头。”

“噗，”斯维特兰卡长出一口气，“人家可不想听你说这些。来，”她对奶奶和我说，“快请坐。”她指着船两侧的座位。我们舒舒服服地坐下后，她弯下腰，取出一只冷藏盒，拿出各式各样的饮料、甜点、饼干和三明治。小狗看到后，开心地叫了起来。我差不多已经忘了它的存在。

奶奶向克里斯和斯维特兰卡讲述斯莫克教授和错误命名的行星时，斯维特兰卡不停地塞好吃的给我俩。“可怜人儿，”奶奶讲完后，她安慰我们说，“你们已经走了这么远，接下来还要走那么远。来，这个你们一定要吃了。”她拿出一块形状奇特的棕色蛋糕，上面撒有橘色彩针。“还有你。”她说着，又扔了一块给小狗。

奶奶吃了一大块。“嗯，”她说，蛋糕屑喷得到处都是，“我从没吃过这样好吃的蛋糕。”

“这是我外婆的独家秘方，”斯维特兰卡解释道，“世界上再没有第二人知道。”突然，她泪水盈眶。

“你还好吧？”奶奶问。

斯维特兰卡抽着鼻子说：“我外婆奥尔加很多年前就去

世了，”她已泣不成声，“但她把秘方传给了我妈妈，我妈妈又传给了我。嗯，”斯维特兰卡又加了一句，“是传给了我和我姐姐。”她又抽了下鼻子，“我们姐妹俩已经分开二十年了。”

“哦，天哪。”奶奶喃喃道。

斯维特兰卡背靠船舷，交叉着修长的双腿。“我的祖上来自科索沃。父母在我十岁、我姐姐露冷斯卡十二岁时离婚了。妈妈把我带到英国，开始新的生活；爸爸则带着姐姐去了欧洲大陆。年深日久，我们失去了联系。我试过寻找她的下落，但每次都扑了空。她似乎不愿意被找到。”她啜泣道。

“这太糟心了！”我说。我无法想象这有多么令人伤心。我伸出手。斯维特兰卡紧紧握住我的手。“谢谢你。”她轻声说。

场面一度十分温馨，但也相当尴尬——我伸出手是去拿蛋糕的。我想看看这有故事的蛋糕究竟有多特别。“呃，我可以来一块吗？”我冲蛋糕点点头，问道。斯维特兰卡破涕为笑，给了我一大块。

但蛋糕还没送进嘴里，我们身边的水里传来一声“救命！”

我们都从船上探出头四处张望。

在海里，一个大块头、大肚子的家伙正拼命地踩着水。他头戴粉红色泳帽，护目镜歪戴在头顶上。他做着深呼吸，尽量避免吞进英吉利海峡一半的海水。“非常抱歉，要麻烦你们了，”男人喘着粗气说，“我也不想打扰你们，但你们看，我已经陷入绝境了。救救我，好吗？”

我忍不住想，一个上气不接下气的人，为了表达“哥们儿，载我一程”这个简单的意思，费的口舌可真多。

“又来一个。”克里斯粗声粗气地说。我、奶奶和那只讨厌的狗连蒙带骗地搭上他的顺风船，他才刚刚从中缓过劲来。

“他脸都青了。”我说。那男人明显身体状况不佳。奶奶、斯维特兰卡和我拽住男人的胳膊，一起用力把他拖了上来。就像亚哈船长拖拽大白鲸一样。顺便说一下，他的体量确实是白鲸级别的。不是我讲话刻薄，而是抬他确实跟抬鲸鱼一样沉。

我们试了三次，才终于把他举起来，拖到船上。他伸开四肢趴在甲板上，像极了一条被冲上海滩的鲸鱼，偶然发现自己离开了水面。“这里简直成了皮卡迪利广场，”克里斯气呼呼地说，“我要开始收费了。”

我扶男人起来，让他背靠座位休息。奶奶从斯维特兰卡的一只包包里取出一条毯子，裹在男人肩上。过了几分钟，他的脸上恢复了血色，也恢复了精神。他用力深嗅：“我闻到的是培根的香味吗？”

那时，狗已经把剩下的培根、甜点和饼干一扫而光，正心满意足地坐着，开心地摇着尾巴，享受户外的美好时光。

“你还有力气吃饭的话，就一定也有力气告诉我们你到底在搞些什么鬼。”克里斯说。

男人伸出手。“我叫米奇，”他说，“我正在参加穿越英吉利海峡的慈善游泳大赛。我知道你们怎么想的，”他又说，“你们想得对。我连赛前训练都没完成。但心意最重要。”

奶奶拍拍他的手臂。“说得对，”她安慰他说，“努力了就好。”

米奇拍着胸脯说：“你知道的，我是冲着冠军去的。第一名会被授予奖牌，还有奖金。”

我探出身子，看向船的后方。远远地，有一群脑袋在水面上起伏。他们已经离我们很远了。随着船的行驶，每分每秒，我们都在拉大与他们之间的差距。

“你们在距离加来不远处把我放下就行，那样看起来就像我游完了全程。”米奇眉开眼笑地说。

“但那是作弊！”我大叫道。

米奇耸耸肩。“大家都这么干的。”

我指着身后那片一起一伏的脑袋说：“没有一个人这么做！大家都在老老实实地游泳！”我真想把他扔回海里。“我们一路颠簸至此，就是为了‘正义’二字，”我说，“还因为某些奖颁给了不该得的人。”

米奇裹在毯子里瑟瑟发抖。斯维特兰卡拿来热水瓶，给每个人倒水斟茶，并递上一盘卡仕达饼干。而我，则又一次就我们为什么要去瑞典，做了一次热烈的演讲。

斯莫克教授、行星、诺贝尔奖颁奖礼……米奇睁大眼睛认真听着，越往后，眼睛瞪得越大。这点给他加了印象分。我在讲托马斯·托马斯时，他吃饼干差点呛到。可以说，就在那一刻，我对他生出了几分好感。

“好吧，那么，”我讲完后，米奇眨眨眼，抹去嘴边的饼干屑，说，“我把这点消化消化，就下水。”他微笑着对奶奶和我说：“女士们，你们鼓舞了我。但我不能撑着肚皮下水游泳。”

大家听了，都哈哈大笑起来。船上洋溢着积极的正能量。连克里斯的糟糕心情也变好了。主要还是因为斯维特兰卡给他额外奖励了一大块蛋糕。

“我还没问，”米奇盯着船的后边说，“你们的狗狗叫什么名字？”我顺着他的目光看见小狗还在摇尾巴，饱餐过培根和饼干后，舒舒服服地晒着太阳。

“这问题问得好，”奶奶说，“我们还没想到给它取什么名字。”

“小跟班，”我几乎不假思索地说。这个名字自己蹦入了我脑中。“走哪儿跟哪儿的意思。它一天到晚都跟屁虫似的跟着我们。”

“所以说，它不是你们的狗？”克里斯眉头紧锁，不解地问。他的脸上掠过一层阴影。这只动物已经给他们制造了多少麻烦！

“嗯，”我赶紧道，“它现在是了。”说着，我抱起小狗，抱进怀里，并轻吻了一下它的脑门。

我几乎立马又把它放了下来。我赶紧趴在船舷上，希望海水冲进嘴里，洗去打结的狗毛的味道。斯维特兰卡说得对，它确实需要洗澡了。

从船舷上起身时，突然间，有什么闯入了我的视线。“陆地！”我指着前方，大叫道。地平线上出现了一大片绿色。我眯起眼睛，看见港湾里停泊的船只，一只巨型渡轮置身其中，还有小黑点似的人流熙熙攘攘地进出港口。“我们就快到了！”

米奇开始伸胳膊踢腿。“好嘞，”他说，“我要跳了！可以把船转回去一点再放我下去吗？我要和其他人一起游到终点。”

克里斯大转弯时，斯维特兰卡从冷藏箱里拿出一桶黄油。“这个是做培根三明治剩下的。”她几乎是抱歉地说。奶奶拿黄油涂满米奇的四肢和大肚皮，这样他在水下就可以保暖了。米奇重新戴上泳镜，系紧带子。

“谢谢你们载我一程。”米奇说着，伸出手来，和我们一一握手。“我真心希望你们能够顺利到达瑞典。”他特意又跟奶奶和我说。

我也是，米奇，我在心里默默说。我也是。

“祝你好运，米奇！”大伙儿帮他爬上船尾时，一齐高呼。数到三时，米奇胸腹先着水地跃入海中，砰的一声，激起一大朵水花。他立刻就被其他选手超越了。在水中挣扎了好一会儿，他才找到平衡，然后缓缓地游向岸边。

“加油，米奇！”我大声叫道，“重在参与！”我不得不说——凭实力竞争的话，他绝无获胜的可能。

船加速行驶，米奇被远远地甩在了后边，直到他也成了一个上下起伏的小黑点。奶奶、斯维特兰卡、克里斯和我面面相觑。大家都难以相信眼前发生的一切。“好吧，”过了一会儿，我说，“他看上去人还不错。”多么美好的一上午啊。我们结识了新朋友，还帮助了一个舞弊者改邪归正。

离大陆越来越近了——有信号了——我口袋里的手机开始振动了。我拿出手机，有十四通爸妈的未接来电。还有短信。好多条短信。

**爸爸：**“在阿尔诺亚姆找不到你们。我们在去多佛的路上。注意安全。”

**爸爸：**“我们到多佛停车场了。你们在哪儿？？”

**妈妈：**“别跟我们玩游戏了。给我们打个电话。我们很担心。”

**爸爸：**“玛蒂尔达，我警告你。你们在哪儿？”

**妈妈：**“快点啊，亲爱的。我们不生气。”

**爸爸：**“我很生气。”

**切尔西：**“你数学作业做了吗？第四题答案多少？”

“我们还是给他们打个电话吧，亲爱的，”奶奶说，“给他们报个平安。”

我倒吸一口气。我们可算到法国了，我可不想再打道回府。于是，我快速地给爸妈回了条短信。

“在加来。奶奶和我都很好。我们很快就回。还有，我们有狗了。”

我知道爸妈肯定要气炸了。肯定气到要掀屋顶了，小姐，你已经闯下这么多祸了，不只是狗的问题，但这个还是待我们回去之后再操心吧。

“这就成，”奶奶点点头，“只要让他们知道我们还活着就行。”

快到港口时，斯维特兰卡开始收拾东西，打扫卫生。我整理背包，把便利手小心翼翼地放回包里，生怕剐蹭到奶奶的照片底片。

克里斯娴熟地将船泊入加来码头，这次避开了渡轮的航道。他熄灭引擎，把缆绳抛回水中，然后对奶奶和我说：“我们就送你们到这儿了，没问题吧？”他的声音充满关切。

奶奶点点头说：“嗯，没事。我想我们可以乘火车去斯德哥尔摩。别担心。”

克里斯又上下打量了我们一会儿，然后把手伸进上衣口袋，从口袋里掏出一沓钞票，点了点，塞给奶奶。“哦，不！”她抗议道，“这个我们不能收。”

克里斯举起手。“胡说，”他坚决地说，“这是欧元。没有欧元，你们走不远的。”他冲我眨眨眼：“就当我付给你修引擎的费用吧。很抱歉，一开始我还不相信你能修好。你修得真不错。”

我走上前给了他一个大大的拥抱。说实话，他被我突然的举动吓了一跳，但还是很开心地拍了拍我的肩膀，作为回应。

斯维特兰卡用保鲜膜包了一大块蛋糕，塞到我手里。“请一定收下，”她坚持道，“路上吃。”

我把蛋糕塞进外套口袋，然后跳下船，跳上码头，再转过身扶奶奶下船。小跟班也从船上跳下来，跟上我们。重回陆地，感觉真好。“谢谢你们，”我感激地说，“谢谢你们所做的一切。”

克里斯和斯维特兰卡·达克夫妇站在船上与我们挥手告别。我们穿过加来港熙熙攘攘的人潮，渐渐走远。小跟班一路小跑着跟在我们身边。我很感激它的陪伴。虽然我们才认识几小时，但它的存在，让我想起英格兰，想起家，让我心安。它就像一个朋友。奶奶和我，在人生地不熟的异国他乡，孤零零地，前路又渺茫，此时此刻，有一位朋友相伴，说实话，感觉还不错。

# 14

# 火车站在哪儿？

距离斯德哥尔摩1063英里

奶奶、我和身边的小跟班，穿梭于人潮涌动的加来港。这里也有边境巡逻警，不过他们好像更关心的是如何牵制人流，防止帐篷里的人靠近卡车。那些卡车正排着队，一一驶上返回英国的渡轮。他们根本没空管我们。我们完全可以作为普通游客混过去。根本没人查我们的护照！

我们避开驶向渡轮的车流，沿着机动车道往外走，旁边是呼啸而过的轿车、货车和马车。奶奶指着前方港口尽头停着的一辆出租车大声说："那个就可以！"我们朝出租车走去。一路上，我紧紧抓住奶奶的手。说实话，如果我们走散了，就完蛋了。

奶奶朝一排车中唯一的一辆出租车的司机挥挥手。司机是个上了年纪的人，弯腰驼背，一脸沧桑。他踉跄地走下车，帮我们打开车后门。“去哪里？”他问。

讲的是法语。

我们都忘了这一点。

“呃——”我结结巴巴地说。在阿尔诺亚姆中学，我才学了半个学期的法语。目前为止，我只会说自己的名字叫什么，今年多大了，家住伦敦市郊的一个小镇。

“我的名字叫玛蒂尔达，”我用法语说，“今年十二岁。我住在伦敦市郊的一个小镇上。”

出租车司机好奇地看着我。一个点子蹦入我脑海。我一把抓起克里斯·P.达克之前给我们的欧元，递给司机。他眼睛一亮。成功了。看来金钱可以讲万国语言。

奶奶和我跳进车后排座位。我把背包放在脚边。小跟班跳上了我的大腿。

我挥动手臂，发出“呜呜”的声音。“火车？”我用英国人在国外度假时为了让当地人明白自己的意思采用的语音语调，大声地慢慢地说，“火车？”

我绞尽脑汁，搜索对应的法语单词。奶奶也在努力回想。她一点法语也不会，但毕竟活了八十岁，总归在过去的漫长岁月里，从这里或那里听到过这个词儿。“Mare?”她说，一星半点的记忆突然闪现，“Sur Mer?”

出租车司机的眼睛亮了。“Criel-sur-Mer?”他来回看着我和奶奶问。我还在做着火车开动的手势。

“听起来好像是对的。”奶奶满脸笑容地说。

"Si!Si!"我确认道。我很得意，还记得"是"怎么说。不幸的是，我记成了西班牙语的"是"。这也够了不得的，因为我这辈子从未学过西班牙语。但大家都面带笑容，似乎知道自己在做什么，于是我把欧元塞给司机，他发动了引擎。

"Chien?"他一脸狐疑地看着小跟班。

"哦，是的，"我说，"它和我们一起的。"

出租车司机咳了一声，再次伸出手。很明显，要他把狗也载上的话，还得再加钱。真是个人精！

我打开背包里的特百惠盒子，把一盒子零钱伸到他面前。他眉开眼笑地在盒子里翻找，几乎所有的硬币都被他拣走了。盒子里的钱所剩无几！但眼前又没有其他出租车，我们哪里有得选？

出租车司机把硬币装进兜里，便一路疾驰而去。从后视镜里，可以看见他的小圣诞树造型的车载香水在不停地摇摆。

虽然我对钱的事儿很不爽，但毕竟我们好不容易才到了法国。况且还没用到护照，这是好事——因为我和奶奶都没护照。我们马上就要到车站搭火车去瑞典了。距离目标又近了一步。距离斯德哥尔摩又近了一步！

距离把笑脸从斯莫克教授那张得意扬扬的老脸上撕掉也更近了一步！

15

# 呃，我们在哪儿？

我看着窗外，看窗外的世界一闪而过。我的胃里满是紧张、兴奋和卡仕达饼干的味道。奶奶双目紧闭，在我身边浅浅地睡着。很好。前方还有很长一段路要走——她需要多休息。

没过多久，我便意识到，我们正驶向乡野深处——远离高层建筑、高速公路和车流。我对法国了解不多，但我也敢肯定，一座能够容纳驶向四面八方的火车——包括驶向瑞典的火车——的大车站，不可能建在有这么多……绿草的地方。难道不该就近建在加来港附近，方便人们接着赶路吗？

似乎为了回答我的疑问，司机渐渐减速，停车，停在路边。"Ici."他指着周围说。

"这里是火车站？"我边问，边轻轻摇醒奶奶。她揉揉眼睛，慢慢看清四周。"我们到了吗？"她迷迷糊糊地问。

司机指着远处的什么，又说了一遍"Ici"，边说边挑动眉毛。

我在心中诅咒杜邦小姐。为什么不在法语课上教教我们这些？知道出租车司机挑动眉毛的意思，比告诉某人你一周去一次电影院和你没有兄弟姐妹，实用多了。

在一片茫然中，我抓起背包，和奶奶、小跟班一起跳下了出租车。司机一个大转弯，又沿着我们来时的路，绝尘而去。

“好吧，他也算帮了忙。”我愤愤地说。我看向奶奶。她看上去确实十分疲惫。才走这么远，她就已经有点吃不消了。“你还好吗？”我问，突然担心起来。难道爸爸是对的吗——这一切她扛不住的？

奶奶深深地吸了一口法国乡村的空气。吐气时，她脸上洋溢着满足。“从没有更好过。”她回答道。

我放心了。

但现在该怎么走？爸妈不给我买好手机，生怕我上网花大价钱买斯蒂芬妮·克沃勒克发明的凯夫拉纤维或菲利普斯钻头，所以我没法用手机地图查找当前所在位置。

奶奶和我走向出租车司机所指的方向。小跟班跟在我们后面，一路嗅着地面，寻觅食物。或许火车站隐藏在我们视线不及之处？或许它的架空电力线路是用最新的隐形技术制造的，所以没有人看得见？或许？

我们走着走着，看见远处有一座路标。这一定就是司机指的东西。我眯起眼看上面写的什么。“Criel-sur-Mer，”

我大声念道，“人口206。”

奶奶一拍额头，突然想起来。“La gare!”她大叫道，“是这个词儿！‘Où est la gare?’火车站在哪儿？”

我心里一沉。我之前已经隐约有预感。“什么？”

“La gare才是火车站的意思，”奶奶肯定地说，“不是sur mer。”

我根据事实推断。“出租车司机以为我们要求他把我们带到Criel-sur-Mer，而不是‘La gare’——火车站？”

“没错。”奶奶说。

好极了。我们完全来错了地方。这下迷路了。可怕地，彻底地，悲催地迷路了。

现在我们该怎么办？

# 16

# 灯光，摄像机，开机！

距离斯德哥尔摩1176英里

**玛蒂尔达·摩尔趣味知识4**

假如你在地球上钻出一条穿越地心的隧道，跳进去，

再从地球的另一端出来，需要42分12秒。

（我们现在急需一条这样的隧道。）

昨晚，我从网上查到了一条去瑞典的路线。从法国加来，经布鲁塞尔，再经德国的杜塞尔多夫，从普特加登穿越北海，至哥本哈根，然后要经过延雪平、林雪平和尼雪平到达斯德哥尔摩。对的，我现在才意识到有这么多个雪平。但

此时此刻，我的大脑却一片空白。

路线显示距离斯德哥尔摩总共1073英里，但这并没考虑到我们坐在Criel-sur-Mer的马路牙子上的情况。Criel-sur-Mer到底是哪个犄角旮旯，我完全摸不着头脑。我只知道这是个“鸟不拉屎的地方”，而且“对我们毫无用处”。

我看了下手表。时间是下午3:03。这不对呀——天空已经从深紫色转至黄昏时那种木炭燃尽的灰色。但这个点也太早了吧，即便是在十二月。

“他们时间比我们快一小时。”奶奶好似读懂了我的心思，在一旁插话道，“这里刚过四点钟。”

我掐指一算。诺贝尔奖颁奖典礼是在明天中午举行。我们要在二十小时内从Criel-sur-Mer赶到瑞典，而且身无分文，因为出租车司机已经卷走了我几乎全部积蓄，连同克里斯给的欧元。

眼前的任务似乎不可能完成，但我们不能放弃。我一跃而起。前方与后方，都是一望无际的公路。但路的两侧是丛林——或许答案就在丛林里。“想要探险吗？”我问奶奶。

她耸耸肩。“这是我们唯一的方案了。”

我扶她起来，一起穿过公路。“小跟班！”我向狗挥手叫道。它把脸深埋进马路旁边的野花丛中，显然是在找吃的。“这边！”

它跳了过来，我们三个一起走进丛林深处。我们的脚下（爪下），小树枝被踩得嘎吱作响。“还好你穿了登山靴，真明智。”我夸奶奶。

她耳垂涨红了。“我就知道它们派得上用场。”她十分得意地回答道。

过了片刻，我们听见了一阵低沉的嗡鸣。是引擎的声音！耶耶耶！我就知道我们会没事的。我们只需要说服车主带我们去火车站就行了。这次，我们也知道法语的“火车”怎么说了。绝对不会再出岔子了！

我们穿过一丛丛蕨类植物，引擎的声音越来越大。原来不止一台引擎，有很多台，还有欢呼声、叫喊声。有很多人！我们还可以挑选一下最合适的交通方式！

穿过树丛，来到一面陡峭的山坡。我挽住奶奶，一起慢慢爬坡。爬到坡顶一看，我的下巴都惊掉了。下面是一大块草地，被大型探照灯照得亮如白昼。草地上正在举行什么活动。

至少一百号人正忙碌着。有些人推着很重的大箱子和机器，有些人则围着监控器看屏幕。“哦，我的天，”奶奶喘着气，上气不接下气地说，“在拍电影呢！”

小跟班冲着草地另一边汪汪叫——是一辆红色餐车，供应热狗和汉堡，车前排着一队人。接着，我眼前闪过一团毛球，是小跟班跳下了山坡，它一边向餐车狂奔，一边吐出舌头，它闻到了香肠的味道。我的肚子也咕咕叫起来。奶奶和我相互搀扶着，小心翼翼地走下山坡，去追它。炸洋葱圈的香味蹿进我的鼻子。在克里斯的船上吃蛋糕，似乎是很久以前的事情了。

小跟班用爪子扒着餐车一侧，把车轮子扒得吱吱响。

“不好意思。”我走到那位穿白围裙的壮汉跟前说，他正在锅里翻着汉堡。我希望碰上一位和斯维特兰卡一样给我们食物吃的好心人。“我们能不能……？”我指着餐车后边堆着的一堆小圆面包，“我们走了很远，身上已经没钱了……”

男人看着小跟班，皱了皱眉，摇了摇头，又继续给排队的人准备食物。他要么是听不懂英语，要么是压根儿不想给我们吃。小气鬼！

有人轻轻拍了拍我的肩膀。队列里一位粉色头发的女孩害羞地伸出一包薯片。“这个给你们，”她用完美的英语讲，“我带了一包，怕这里不提供午餐。我想你的狗想来一点。”

我感激地撕开包装袋。“谢谢你，”我塞满一大口，边吃边说。我给小跟班也扔去几片。看它狼吞虎咽的样子，我笑了。“这边是在干什么？”

女孩的脸一下子变得通红。即使在昏暗的光线下，我也看得见她脸红了。“是在拍菲利普·德·布维尔的新电影！”她尖声说，“我是替补演员，太令人兴奋了，不是吗？”

奶奶手伸进包装袋里，抓出一大把薯片。“谁是菲利普·德·布维尔啊？”她问。

聚在餐车前的人群中发出一片惊叹。大家都转过头来看着奶奶。“谁是菲利普·德·布维尔？”他们叫道，“谁是菲利普·德·布维尔？”

粉色头发的女孩看着我们，眼神中满是遗憾。“他是法国最著名的电影明星！”她说，语气中半是兴奋半是难以置信。

我环视电影片场。“哦，那他人呢？”

女孩用脚尖在地上画圈圈。“我们还没看到他。他大多数时候待在自己的车里。他超级有名，也超级忙。”

“还有，”排在她后面的一个高个子男人突然插话，“他从不接受采访。他太酷了，不屑于此。他谁都不搭理。”

“我听说那是因为他特别内向。”排在他身后的中年女人说。

这一切听起来都不错，但赶路去瑞典才是正事。“这附近有火车站吗？或者出租车公司？”

粉色头发的女孩耸耸肩。“我不清楚。我们是被一辆大巴车带到这里的。午夜再接我们回去。”

我们根本等不了那么久。奶奶眯眼看着远方。“瞧！”她指着片场尽头说。

“热气球？”我惊叫道。我那时才发现它，我的注意力全在餐车和……好吧，主要是吃的上了。热气球有红蓝条纹的顶冠，下面是一个木制吊篮。

“或许我们可以请飞行员带我们去瑞典？”奶奶耸耸

肩说。

值得一试！我不希望小跟班再跑到其他地方找寻食物，于是把它塞进背包里，小心不让便利手剐到它，也不让它蹭到奶奶的相片底片。“或许我们可以把他劫持了？”我说。我是认真的。

我们向热气球走去，奶奶一路上眉头紧锁。“在多佛时，你本打算把那艘船给劫持了，对吧，”她认真地说，“咱们别再劫持这个劫持那个了，好吗？”

“有人吗？”我们来到热气球前，我大声问。气球周围空无一人。“有——人——吗？”我踮起脚，朝吊篮里窥望，差点吓出心脏病来。

吊篮里坐着一个肌肉男，二十出头的样子，棕色背头梳得光亮，黑色眼睛幽深阴郁。他的下巴方方正正，下巴正中央有一道浅浅的凹痕。他一身黑衣，头戴老式飞行护目镜。这个男人正紧张地咬着指甲，似乎在自言自语。

看见吊篮里的飞行员之后，我立马不慌了。“你好，”我用最甜美的声音说，“我们想请您帮个忙。”

男人抬头看我，满眼疑惑。他摇摇头——“我，呃，不，不明白。”

我拍拍脑袋。“当然了！”我叫道，“你是法国人。抱歉，我们不太会讲法语。奶奶，我们想说的那个词儿是什么？”

“Où est la gare?”奶奶一字一顿地说。我开始模仿火车上下挥动手臂。“呜……呜……”我又补充道。

男人慢慢站起身。他挠挠头，来回看着我和乔丝奶奶。“嗯。”他犹豫地说。

就在那时，从场地另一端，一个男人的声音透过麦克风传来。“女士们，先生们，各就各位！”人们纷纷向各个方向跑去，在奔向各自工作岗位途中，不时相撞。一队人马在热气球前架起两台摄像机。

奶奶和我都不知道男人说了啥，但我们可以大胆一猜——他一定是导演，总负责人。看人们忙着各就各位，他们一定是准备开机了。

“我们需要借用一下热气球。”我一边向吊篮里翻，一边对飞行员说。翻过吊篮边沿，我正好落在了丙烷罐旁边。“嗯，借、用，”我一个字一个字地说，“热、气、球。嗯，飞？”我猛一抬头，模仿火箭蹿上天空的样子，“只借一会儿，奶奶？”

我钩住她的双肘，帮她爬进吊篮。小跟班头探出背包，兴奋地叫着。这条狗，它能够嗅出历险的气息。

“爆破专家！”一个戴厚框眼镜的小个子男人一边大声喊道，一边匆匆忙忙地跑进片场。他随身携带一只小箱子，和对讲机差不多大，上面布满银色按钮。

好吧，这句法语连我也听得懂。爆破专家？这究竟是一部怎样的电影？我转向飞行员。“我们现在得起飞了，求你了。”他们已经准备好拍摄了。如果现在不飞走，可能就再也没机会走了。

“这里，”奶奶一边说，一边用力拉扯系在地面上的一根粗绳子，“给我搭把手，玛蒂尔达。”我跑过去帮她，我们一起使劲，把绳子拔了起来。

绳子从地面拔起的一瞬，带起了一块草皮。随着绳子被一点点盘进吊篮，我们渐渐离开了地面。“哇哦！”我惊叫着，紧紧抓住吊篮边沿。

飞行员看着我和奶奶，乌黑的眉毛拧作一团。他张开嘴，想说些什么。

“现场肃静！”有人隔着场地大喊，“这一段必须一遍过！我们的明星呢？菲利普呢？”

“十秒倒数！”爆破专家按下盒子上的一个大大的银色按钮，大声喊道。

奶奶和我交换了一个眼色。必须是现在了！我指着身旁的银色丙烷罐。“走？”我对飞行员说，“发动引擎？”

飞行员看看我，又看看正对着热气球的摄像机和聚光灯，一切准备就绪，只待开机。他看上去左右为难——这一定是剧本的安排，不是吗？

“九、八……”爆破专家喊道。

飞行员点点头，转动丙烷罐的轮盘，就像在打开一瓶酵母酱的瓶盖。一根红色管子从丙烷罐中探出，伸进气球的顶部，接入吊在顶部的金属燃烧器。过了一会儿，燃烧器点着了，橘色火焰跳动着，蹿上了篷顶。

“菲利普呢？”导演焦急地对着麦克风大喊，“我们的明星呢？”

“六、五、四——”

“他在那儿!!!”片场上响起一声尖叫。“菲利普!!”六个少女围成一团，同时指向热气球。

“三、二——”

我对着飞行员皱眉。他们都在说些什么啊？

嘣！

一块块草皮连带着泥巴一起射向空中。热气球被震得七歪八斜，奶奶、飞行员和我也被摔得乱作一团。我们头顶上空的金属燃烧器发出一声巨大的轰鸣，一簇火星喷溅而出。

我们的耳朵里回荡着爆炸声，眼睛被烟尘熏得睁不开。到处是混乱和恐慌。人群里几个女孩开始惊恐地尖叫。

我的胃里一阵颤动。我感到周身轻盈，轻如空气。我们在向上升呢。我冲奶奶眉开眼笑地说：“这就是了！我们起飞了！”

奶奶高兴地捏着我的肩膀。连小跟班都兴奋得汪汪叫，似乎在表示赞同。只有飞行员看上去很苦恼，因为他身子探出吊篮边沿，几乎快要掉下去了。奶奶抓住他的衬衫，把他往回拉。“你不能往下跳！我们离地面太高了！”

地面上，叫喊声连成一片。我拂去眼前的缕缕尘烟，才看清周围的景致。在我的视线正前方，是一棵棵树。然后是树顶。然后是蓝天。然后是更加蔚蓝的天空。然后是朵朵白云。我们起飞啦！

我们越飞越高，地面上的人看起来就像蚂蚁一般渺小。每个人——导演、摄影师、少女们——都抬头看着我们，手指着热气球，一脸的惊恐和不可思议。

一个想法蹦入脑海。飞行员为什么要从热气球上往下跳呢？除非他不是飞行员。除非他是——

"等等，"我说。我惊得下巴都快掉了，"你就是那位明星？你就是那位法国电影明星？"

飞行员死死地抓住吊篮边沿，手指关节都发白了，和他的脸色一样苍白。他看上去似乎马上就要吐了，但他还是虚弱地点了点头。

"所以说，你根本不会驾驶这玩意儿？"我叫起来，一阵恐慌蹿上喉咙。我们穿行在云中，数英里的法国乡野在下方，一掠而过。"更重要的是，"我喘着粗气说，"你不会降落。"

菲利普·德·布维尔，知名法国电影明星，而不是热气球飞行员——摇摇头，一屁股瘫坐在吊篮的地板上，紧紧抱住双腿，下巴抵着膝盖。他摇晃着身子，安慰自己。

奶奶捏捏我的肩膀。"别担心，亲爱的，没事的。"

我胃里一阵恶心。"你真会安慰人，奶奶，"我抱怨道，"在我们很快就要挂掉的情况下，什么样的安慰都算不上安慰！"

菲利普·德·布维尔呻吟着，眼睛一翻，昏了过去。

奶奶却一点也不惊慌。她不害怕，也不担心。相反，她走到我身边，摆弄起丙烷罐的阀门。“哦，我不这么认为，亲爱的，”她轻轻地说，“我二十世纪七十年代学过驾驶热气球。”

我的眉毛顿时竖了起来。“什么？”

奶奶耸耸肩，仿佛这种事情她天天干似的。“我不喜欢吹牛，”她淡淡地说，“现在你就坐好，享受旅途吧！”

哇！我奶奶会驾驶热气球？还是一位聪明绝顶的科学家？还有一颗星球应该以她名字命名？

我们飞得越来越高，小鸟扇动着翅膀，从我们身边飞过，在我们身下数千英尺，是法兰西的疆土。此时此刻，我不禁对奶奶佩服得五体投地。我是说，这女人太了不起了，不是吗？她之前告诉我的人生经历，同样了不起。

17

# 两个阿尔诺亚姆人在巴黎

**玛蒂尔达·摩尔趣味知识5**

一团中等大小的积雨云所含水滴有八十头大象那么重。（幸运的是，我们忙着每日的生活时，云团不会从天上掉下来，砸在我们头上，把我们压死。谢啦，大自然，万分感谢！）

我和奶奶乘着热气球，穿行在法国上空的云层中，同行的还有一条狗和一位法国知名影星。这种事情可不是天天有。

“所以说，热气球之所以能够在空中飞行，”我抬头看着热气球的顶冠，看着金属燃烧器喷射出的熊熊火焰，说，

“是因为被困在气球内部的空气比外边的空气更热。”

奶奶一边点头，一边操控着丙烷罐，保持气球平稳飞行。“对的，”她说，“只是简单的物理原理。”

“就像物体浮在水面，”我想起在科学读物上看过的一段话，“假如物体的密度小于水的密度，它就浮在水上，反之，则会下沉。我猜这就是米奇游英吉利海峡时差点儿溺水的原因。他的密度可够大的。所以热气球要升天，就必须使气球内部空气的温度高于外边的空气。所以才需要燃烧器。”

“没错，”奶奶微笑道，“我们只需要在产生的热气周围裹上一层材料，便制造出了一种交通工具。”

“真不可思议。”我还在为我们的所作所为惊讶不已。

“是啊，玛蒂尔达。”奶奶注视着我说。她犀利的蓝眼睛与我对视。“可是你只顾思考事物的运作原理，而忘了去看看它们能把你带往何处。”她指着四周，“好好欣赏风景吧。这空中的景致多迷人啊。”

我扒在吊篮边沿，往下看。在我们下方，美丽的绿色原野如画卷般铺展开来。天色马上要黑透了，农舍亮起的零星灯火，点缀着这幅画卷。我从未见过如此美景。我这辈子还没坐过飞机。

我把手探入背包，小心翼翼地，取出照片底片，生怕弄醒了熟睡的小跟班。我把它高高举起，眯起眼睛，看上面的星星。“奶奶，哪一个是斯莫克行星？”我问。奶奶走过来，和我一起站在吊篮边上。“肉眼看不见的，”她指着天空说，“但我想，它大概在那个方向吧。”她从我手上拿走玻璃底片，把它举在眼前，透过它可以看见天空中的星河。

我难以置信地摇着头。我真不敢想象是她发现了那颗星。在那一刻，我前所未有地坚信，我们必须步履不停地前进。我们必须扭转局面。“我们可以一路飞到瑞典去吗？”

奶奶点点头：“就是这么计划的。”

计划！终于！我们不再迷路了。我们不需要找火车站了，也不需要找钱买车票了。我们只需一路飞啊飞啊，飞到斯德哥尔摩。或许，还可以把热气球停在市政厅的停车场里。再以最戏剧化的方式闯入颁奖典礼，你懂的，再好好教教斯莫克教授怎么做人。什么艰难险阻都阻挡不了我们！

“不！”一个声音突然从吊篮里传来。

菲利普·德·布维尔。我已经忘记了他的存在，他早已停止了左右摇晃，过去的半小时，我们在飞行时，他就这么沉默地坐着，陷入沉思。

“你说什么？”我眯起眼说。他凭什么干涉我们的计划？

菲利普·德·布维尔站起身，摆出一副要与我论争的架势。“我要求你们立刻降落飞机。”他用口音很重的英语说。

“是热气球。”奶奶纠正道。

“为什么？”我问。我大大地张开双臂，指向周围的风景。“这上边景色这么好。”菲利普瞪了我一眼。“你知道我是谁吗？”

他甚至还没等我开口说“知道，但只是排队买饭的一个姑娘告诉我的”，也没等奶奶说“不知道。我们才不关心哪”，就又重复了一遍：“我强烈要求立刻降落飞机。”

“是热气球。”奶奶再次纠正道。我感觉菲利普的智商在全世界的电影明星中不算高的。实话说，我感觉他和托马斯·托马斯差不多蠢。但，很明显，菲利普·德·布维尔向来我行我素惯了。

“我是知名影星，”菲利普宣称道，似乎在即兴表演，“我拍过史上票房最高的电影！在法国，”他小声补充道，声音小到我甚至不确定自己听见了，“我有一艘私人游艇、三栋房子、一辆保时捷，还有半条灰狗。”

“另外半条呢？”我问。

“不，”菲利普开始不耐烦了，“我只有百分之五十的所有权。我姐姐占另外百分之五十。我们让它去参加比赛。”

“你姐姐吗？”奶奶说。我捕捉到她脸上装出一副天真无知的样子。我知道她在戏弄他，而且很享受。

“是灰狗啦。”菲利普连忙解释清楚。他越来越沮丧了。“所以，我命令你们，现在就让这个飞……气球着陆！”

我双臂交叉在胸前，紧紧地盯住菲利普·德·布维尔的眼睛。“现在，你给我听好了，”我说，语气严厉而坚定，“管你多有名气、多有钱，经常参加电影首映礼、走红毯或者享受豪华假日，谁关心呢？你拥有一艘游艇、三栋豪宅、一辆名车和一条名犬，谁关心呢？这些都只是——身外之物。这些都不重要。至少，这些都没有飞往瑞典重要。”

菲利普显然被我的爆发惊到了，因为他一脸震惊地看着我。他显然不习惯有人这么和他争辩。但从他的眼神中，我可以看出，我说的话多少触动了他。

“为什么？”他情不自禁地问。

我快速地向他解释了斯莫克教授的剽窃事件和诺贝尔奖典礼的事儿，还给他看了照片的玻璃底片。菲利普的下巴都快惊掉了。这真是个了不得的故事！

我讲完后，他沉思着轻敲下巴。“你知道吗，”他说，“这故事拍成电影会很棒。你愿意把你这段人生经历的版权卖给我吗？”

奶奶大笑起来。“我人生经历的版权？”她重复了一遍，“算了吧！”她朝菲利普摆摆手，似乎在说：“别闹了，你这个小白脸。”但我看得出，她很激动。

突然间，毫无征兆地，热气球往右边猛地一倾。菲利普连同玻璃底片被甩到了吊篮的另一边，半个身子已经摔出了吊篮边缘。“啊痛!!! ”他一边大叫道，一边紧紧抓住吊篮边沿保命。他的叫喊声惊醒了小跟班。小跟班发现了骚动，立刻狂吠起来。

我拽住菲利普的衬衫，把他扯回吊篮里。说实话，我更紧张的是玻璃底片有没有摔碎。我把它小心翼翼地放回背包里，紧挨着小跟班。“怎么回事，奶奶？”

奶奶仔细看着热气球的冠顶。“我们漏气了。”她说。她声音平静，不想引起恐慌。虽然在离地面数千英尺的高空中说出“我们漏气了”这句话，在任何人的字典中，都不是什么好消息。

我眯起眼睛，朝上望去，隐约看见冠顶破了一个小洞，在金属燃烧器喷射的火苗的正上方。一缕月光从洞口透了下来。

气球又突然倾斜了一下，颠簸着下降了好几英尺。突然这么一动，我的胃顿时又恶心了。

“我们该怎么办？”我叫道。

奶奶抓住绳子，努力保持热气球平衡。“我们降落。”她淡淡地说。

我从空中俯视地面。虽然我们下降了好几英尺，但仍在距地面数千英尺的高空中。虽然奶奶说她在七十年代学过驾驶热气球，但她真的知道怎么使热气球着陆吗？

菲利普双手抱头。“不，不，不，”他自言自语道，“我这么年轻，不该死！我这么有钱！我这么有名！这种事不可能的。不可能发生的，老天！”

奶奶使出全身力气拉扯绳子，努力使我们保持平衡。我连忙跑过去帮她，希望一个十二岁女孩的二头肌比八十岁老太太的有力。一个高大魁梧的法国影星的二头肌当然是最好的选择，不过菲利普已经惊慌失措到帮不上任何忙了。

我一边拉绳子，一边仔细瞅着气球上的洞。这时，一个点子蹦入我脑海：最好的发明是能解决实际问题的。一个洞出现在了气球的冠顶上，而我们正在急速摔向地面。我需要发明一样东西，把那个洞堵上！

“把你们口袋里的东西都拿出来，”我一边高喊道，一边疯了似的从工装裤的口袋里翻找东西。“啊哈！”我大叫一声，举起一个泡泡糖。我迅速把泡泡糖剥了包装，塞进嘴里，快速嚼了起来。

奶奶腾出一只手，摸了摸她的棕色裤子。她从后兜里掏出一块手绢和一张邮票。“有用吗？”

我把它们都放在手掌心上。“菲利普？”我转过身问他。他正愣愣地盯着远方，吓得都僵住了。“菲利普！”我轻轻地拽了拽他的衣角。他似乎被我从梦中叫醒了。“你口袋里有什么？”

菲利普把手伸进他的皮夹克里，掏出钱包。从钱包里，他拿出了一大把欧元。我渴望地看着那沓钞票，真想揣几张到兜里。不过我知道我不可以这么做，因为这是生死攸关的时刻。

我拿着欧元、邮票和手绢，在脑中想象用一块胶布粘在冠顶的洞上。我吐出充分咀嚼过的泡泡糖，把它作为黏合剂，粘住这块临时拼凑的“胶布”。最后，我将便利手从

“麦片勺子”模式调成“弹弓”模式，并将临时拼凑的胶布置入发射器内。

我对准目标。我只有一次机会，必须射中。假如弹弓把这块仓促拼成的“胶布”射偏了，掉在了吊篮之外，那么我们唯一的希望就破灭了。我闭紧左眼，好瞄准目标，然后按下便利手上的按钮，发射——

“砰！”

胶布被射向冠顶，然后奇迹般地正好粘在了目标上！现在，破洞被乔丝奶奶的手帕、邮票、欧元和泡泡糖堵得严丝合缝了。

“好样的，玛蒂尔达！”奶奶欢呼道，“漂亮！”

热气球几乎立刻稳住了。奶奶调整了一下金属燃烧器的阀门，气球再一次平稳地飘浮于夜空中。

我过去揽住奶奶，给她一个紧紧的拥抱。菲利普也从僵尸状态中复活了，也跑过来和我们拥在一起。甚至连小跟班也高兴得从背包里蹦了出来，激动地用前爪不停地扒我的衣服。它很可能只是饿了，但我还是一厢情愿地把它的反应解读成庆功舞。

“我们得救了！”菲利普高呼。他突然大笑起来：“刚才把我吓死了！你们成功了！我们得救了！”他高兴得跳起了吉格舞，样子十分滑稽。

“等一下。”我突然注意到了一件事。他的声音变了，讲话时，吐字也不再带有法国人的口音了。相反，是地地道道的英式发音。“你不是法国人！”我手指着他斥责道。

菲利普鬼鬼祟祟地看了看四周。“我是法国人！”他威吓道。

“你的口音哪里去了？”我紧咬不放。

“哪有！”菲利普大声说，“我的意思是，不，不，不是这样的。小姑娘，这些全是谎言。”

奶奶翻了个白眼。“菲利普，在你以为自己马上要死的时候，你向我们展现的才是真实的你。”

菲利普看看奶奶，又看看我。过了一会儿，他深深地叹了口气。“好吧，”他终于说，“我来自格里姆斯比。”

我虽然不太了解法国地理，但我知道格里姆斯比肯定不是法国地名。“是北方的一个小镇，”奶奶察觉到我的疑惑，解释道，“正宗的英国地名。”

“我的真名叫布莱恩。”菲利普悄悄说。这会儿，他真正的口音流露出来——一口浓重的北方口音展露无遗。“布莱恩·科林·拉姆斯博顿。”

这名字跟菲利普·德·布维尔真是相去十万八千里啊。我知道嘲笑别人的名字很残忍，但我真的快憋不住啦。我的意思是，拉姆斯博顿，哈哈！

“那你为什么要伪装成法国人呢，布莱恩？”奶奶冲他和蔼地微笑着问。

“我十八岁时就开始拍戏了，”菲利普——现在是布莱恩——坦言道，“但却一直得不到试镜的机会。所有导演都说，‘格里姆斯比来的布莱恩·拉姆斯博顿成不了明星’。他们根本不给我展示实力的机会。于是我搬到了法国，把自己塑造成忧郁的菲利普·德·布维尔，不知不觉，我就走红了。人人都想让我参演他们的电影。我成了大明星。”

“很多演员都取艺名。”奶奶捏了捏布莱恩的肩膀，为他打气道。

“还有歌手，”我插嘴道，“我想火星哥的名字也不是他的真名。”

布莱恩叹了口气。“我感觉自己像个骗子。但现在，大家都想要菲利普。没有人会对英国格里姆斯比来的布莱恩·科林·拉姆斯博顿多看一眼。”他背靠吊篮，陷入沉思。

我知道布莱恩·拉姆斯博顿对此愤愤不平，但讲真，这看起来也没啥大不了的。“你就告诉全世界你的真实身份呗，”我实话实说，“结果能有多糟糕呢？”

布莱恩·拉姆斯博顿张大嘴巴，吃惊地看着我。“我会成为笑柄的！再也没有人会雇我拍电影了！我不得不变卖房产、跑车、游艇，”他掰着指头说，“还有狗，一切的一切。”

“但你可以做回你自己呀。”我淡淡地说。

布莱恩·拉姆斯博顿悲伤地摇摇头。“事情哪有那么简单。”

“我听起来倒没觉得有什么复杂的。”话还没来得及说出口，一声可怕的“刺啦”从冠顶传出，接着是一阵很大的“嗞嗞”声——听起来就像一只气球慢慢漏气的声音。哭笑不得的是，实际情况也正是如此。

奶奶、布莱恩·拉姆斯博顿和我朝上看去。粘住临时胶布的泡泡糖掉了。

“各就各位！”奶奶大叫道。她再次回到缆绳前，用力拉扯着，不给气球失去平衡的机会。

但这还远远不够。气球如此迅猛地下降，我和布莱恩一起用力，都不足以使它稳定下来。奶奶拼尽全力想要控制它，它还是一路摇摆着从空中坠落。

我把头探出吊篮，只见大地扑面而来，树木和屋顶，大楼和河流，一闪而过，随着气球向地面俯冲而去，地面上的一切都变得越来越庞大了。

“我们在巴黎了！”布莱恩·拉姆斯博顿一边指着我们掠过的一处处景观，一边高声说，“凯旋门！巴黎圣母院！我的天，那个是埃菲尔铁塔！”

我并不认为此时此刻我们需要一位导游，但假如布莱恩把注意力集中在风景名胜上，至少他不会惊慌了。

“埃菲尔铁塔？”奶奶重复道，“这就好办了。”她使劲拉了一下燃烧器的阀门，热气球颠簸着向右飘去。

“怎么好办了？”我问。我很不安——不仅仅因为热气球正在急速漏气中——我很清楚接下来会发生什么。

气球朝埃菲尔铁塔颠簸而去。奶奶集中全部的注意力，一会儿拉扯绳子，一会儿摆弄金属燃烧器，操控着热气球，使它飘往她想让它去的地方。她紧张得眼睛鼻子嘴巴都挤在一块儿了。

地面越来越近了，我已经看得见路上的行人了。“快闪开!!”我扯开嗓子大喊。

在熙熙攘攘的巴黎街头，人们纷纷抬起头，一脸惊恐地指着天空。那是一只热气球吗？里面坐着——一个小女孩和一位老太太？等等——背包里的是只小狗吧？还有——

“菲利普·德·布维尔!!!”聚在埃菲尔铁塔下的一大群看客中，有一名青春期少女尖叫道。

布莱恩身不由己，只好配合着挥手、摆造型，而下面的人群——排队参观埃菲尔铁塔的游客、保安、急匆匆赶路回家的巴黎市民——都掏出手机，对着他拍起照来。布莱恩标准的电影明星式的笑容是那么的灿烂，简直同那些相机的闪光灯一样的耀眼。

埃菲尔铁塔的尖顶已经近在咫尺了。顶上的尖尖，你知道的，那尖锐的金属部分，看上去就像一根巨型长钉。一根巨型的、金属长钉，而热气球正朝它全速驶去。

“不急，慢慢来，”奶奶一边拽绳子，一边自言自语，“就快到了。”

我把小跟班从背包里抱出来，塞进外套，确保它的安全。它在我胸口扭来扭去，暖乎乎、毛茸茸的身子蹭得我皮肤发痒。我尽量不去想它好久没洗的皮毛散发的恶臭，双手紧紧抓住热气球吊篮的边沿。

我们离地面很近了，近得可以听见人群发出的惊呼和尖叫声。“抓紧了！”我冲布莱恩大叫道。他还在忙着朝他的粉丝扮鬼脸。

我紧紧闭上眼睛。“奶奶，我相信你，”我在心中默念，“我相信你。”我听见风在耳畔呼啸而过的声音。在这宁静的时刻，我想象这大概就是飞翔的感觉了吧。

突然哪里撞了一下！我被甩了出去，撞在了吊篮的另一端，正好撞上了布莱恩。人群中有人尖叫起来。小跟班也汪汪地叫起来……奶奶吹了一声口哨。

接着，一个奇怪的声音有节奏地响了起来……我过了一会儿才反应过来那是什么。

是掌声。

人们正对着我们拍手……喝彩……欢呼……

我这才敢睁开眼睛。奶奶和布莱恩正相视而笑。这一定是个好兆头。我探出头朝吊篮外望去。奶奶把气球正好停在了埃菲尔铁塔的塔尖上，而那尖尖的顶并没有戳破柳条做的吊篮，像鱼叉似的刺穿我们的身体。真好。

“奶奶，你成功了！”我高兴得搂住她，大叫道。我忘了小跟班还在我的外套里，我们拥在一起时，挤得它汪汪直叫。

“我们得救了！”布莱恩长长地松了一口气。他轻轻吹了声口哨，“你知道吗，我发誓，我刚刚看见了自己的一生在眼前闪过。但是此刻，这个，”他一边说，一边指向周围，“大难不死啊，就好像上天给了我一次重生的机会。我准备做回真实的自己。我要重新做回布莱恩·科林·拉姆斯博顿。”他开心地拍了拍奶奶的肩膀，“您飞行技术高超如鸟啊，把我们安全带到了这里，”他朝篮子外看了看，“虽然停得不够稳，但也还行。”

热气球确实朝埃菲尔铁塔塔尖的一侧倾斜着，像一条沉船，但我不认为布莱恩他有任何资格抱怨。“喂，”我有点儿小生气，“你行你来停啊。”

就在这时，一个声音响起。声音是放大过的，似乎是通过喇叭或话筒发出的。“RESTEZ OÙ VOUS ÊTES!”这个声音说。

奶奶和我面面相觑。“他们在说啥？”我小声问。

布莱恩·拉姆斯博顿冲着我们微微一笑。“他们说，‘欢迎来到巴黎’。”他张开双臂大声说，“是的！多么友好啊！”

“但他们听上去很愤怒啊，愤怒得直跺脚啊。”我说。

那个咆哮的声音再次通过话筒传来。“RESTEZ OÙ VOUS ÊTES! NOUS SOMMES LA POLICE.”①

我听懂了其中的一个单词。奶奶探出头，朝篮子外张望。当她回头看向我和布莱恩时，眉头挑得老高。看着她那

① 法语，意思为“不要动！我们是警察。”——编者注

副惊恐万状的滑稽模样，我竭尽全力，才没笑出声来。“一大群人呢。”奶奶压低声音说。

“警察吗？”我猜道。

“全副武装的警察。”奶奶倒吸一口气。

我想大多数警察都有胳膊[①]——而且正常情况下，是两条——但我知道奶奶指的是什么。一大群有两条胳膊的警察，没什么可怕的。可怕的是，这群警察都拿着枪对准你。

“MAINS EN L'AIR”，那个声音再次吼道。怕你们听不懂，翻译过来，就是：“举起手来！”

下面的阶梯上传来数百人的脚步声。一小队警察，身穿黑衣，头戴尖顶帽，手持来复枪，踩着埃菲尔铁塔十字交叉形的钢筋结构，脚步沉重地爬上一段狭窄的阶梯，来到热气球停落的平台上。

我的额头上沁出豆大的汗珠。我们并没有做坏事啊，不是吗？我们又不是存心把热气球停在埃菲尔铁塔的尖顶上，只是临时不得已而为之！

全副武装的警察们可不这么认为。

带头的警察冲上平台时，奶奶、我和布莱恩·拉姆斯博顿都高高举起了双手。我平时胆子算大的，但我得承认，看

① 英文“arm”一词是“胳膊”的意思，而其被动语态“armed”意为“全副武装的”，此处用了一个双关语，是小主人公的俏皮话。——译者注

到一百多号警察手持来复枪怒目圆睁地瞪着我们，我还是有点儿紧张。

“我们不想惹事，”奶奶大声喊道，“我们只想回到地面，然后继续赶路。”

“除非你们愿意带我们去瑞典。”我插嘴道。不妨试试运气。

布莱恩·拉姆斯博顿冲我们咧嘴一笑。“交给我吧。”他表情浮夸地说。“先生们，”他俯在吊篮边沿上，对下面的警察们喊道，“还有一位女士。请容我解释。”

他用手捋了捋头发，然后发表了一番激情四射的演说，说我们此番前往斯德哥尔摩的目的，说他是怎么在过去的几小时里参与了这么一程热气球飞行——不仅仅是地理意义上的飞行，虽然我们确实乘着热气球飞越了数百英里，更是一次精神上的飞跃。他明白了，现在他必须重新做回布莱恩·科林·拉姆斯博顿。作为一个演员、一位艺术家和一名格里姆斯比人，他必须忠于真实的自己。

不幸的是，布莱恩·科林·拉姆斯博顿压根儿不晓得自己完全不会讲法语。尽管他也在法国工作、生活了几年，但他其实并没有学会这门语言。他从不接受采访，很少和片场的其他人交流，假装自己特别内向。我猜，长久以来，他就是这么蒙混过关的。

他激情四射地对着持枪警察演讲时，其实说的是：

“很多猴子以前，十七辆自行车去钓鱼。我气得发紫，但彩虹很有趣，你不介意吗？但是我菲利普·德·布维尔，巧克力鼠标垫和十二年的耳机，在婴儿睡觉时笑。布莱恩·科林·拉姆斯博顿是四千万芝士和‘开机’和红色钢笔因为月亮的周期有洗衣机。”

持枪警察们一脸茫然。站在后面的几位开始窃窃私语，他们觉得自己认识这家伙——他不就是那个演员吗？但是他在胡言乱语些什么啊？他在埃菲尔铁塔顶上的热气球里，跟一位老太太和一个衣服里塞着一条狗的小女孩在一起干什么？没有人明白到底发生了什么。

过了一会儿，带头的警察再次向我们喊话。“现在马上给我下来，”他厉声道，“我警告你们。别耍花样。”

奶奶、我和布莱恩面面相觑。

我们要怎样说服他们，脱离困境呢？

# 18

# 布莱恩的重大声明

距离斯德哥尔摩1165英里

**玛蒂尔达·摩尔的趣味知识6**

埃菲尔铁塔是为1889年巴黎世博会而建的，

当初并未打算永久保留。

（幸亏保留了下来，否则我们就找不到地方降落热气球了。

只能落在地面上，伴随着一阵轰动！）

埃菲尔铁塔总共有20000颗灯泡照明。好样的，托马斯·爱迪生！

（我们从铁塔上下来时，所有的灯都亮了。想想这电费账单！

我的卧室灯要是亮上一夜，老爸肯定会抱怨个没完！）

从塔顶到塔底一共1665个台阶。

（布莱恩·科林·拉姆斯博顿在下台阶时，抱怨了一路。其实，

他是恐高。不要紧，他刚刚还在热气球上待过几小时，
是在离地面数千英尺的高空中，更别提急速坠落、死里逃生了。
演员啊演员！）

在以龟速爬下埃菲尔铁塔之后，我们终于回到了地面。

聚在塔底的人群再次爆发出阵阵掌声。而在一边等待我们的警察们则没有鼓掌。“你们得跟我们走一趟。”警长说。

我们可没空跟他们走。小跟班也表示同意，在我的外套里扭来扭去，发出低沉的吼叫声，牙齿也咬得嘎嘣响。“嘘，小跟班，”我安抚它，“你可不能咬他们。”虽然这正是我想让它做的。

我们需要的是一个小插曲来分散警方的注意力。一个点子蹦入脑海——爆炸袋子戏法！我在网上看过上万次了。把醋和小苏打一块儿放入三明治包装袋里，然后待这些混合物的体积慢慢变大，直到袋子砰的一声爆炸，每次都能吓你一跳！警察们肯定吓死了，根本顾不上察觉我们的逃跑。唯一的困难是我们没有三明治包装袋，也没有醋，也没有小苏打。唉，我怎么没想起来把这些东西装进背包里？或许，我可以用嘴制造出爆炸的声音？

奶奶察觉出我的苦恼，把手放在我的手臂上。“没事

的，亲爱的。”她抚慰道。我叹了口气。我们只好乖乖地向警方自首了。

就在这时，布莱恩·拉姆斯博顿挺身而出。“我有话要讲。”他大声地用自己的北方口音说道。

人群里几个人的眉毛立时竖了起来。所有人的眼睛不约而同地看向他。“我有一个重要的事情，要向全世界宣布。”布莱恩的话吊足了众人胃口。

布莱恩的粉丝们争先恐后地拥了上来，显然以为能捞到什么猛料。人群把我们围了起来，推挤着我和奶奶。照相机的闪光灯照在我们的脸上。

“RESTEZ OÙ VOUS ÊTES!” 警长大叫道。他显然认为这是我们在“耍花样”。

没人理睬他。“什么事情，菲利普？”有人喊道。

游客和看客把我们团团围住，全神贯注地凝听布莱恩的每一句话。就在这时，布莱恩转向奶奶和我，悄悄说了一句：“快走。趁现在。”

“什么？”我压低声音问。

“我引开他们注意力的时候，”他一边向人群点头致意，一边继续道，“赶紧溜。你们必须赶去瑞典！责任我来承担。”

“我们不能让你这么做。”奶奶说。她来回看着布莱恩和全副武装的警察们。

法国家喻户晓的前影星的眼中此刻含满了热泪。“请务必这么做，”他悄声道，“是因为你们，我才有了勇气重新做回自己。你们帮我找回了布莱恩·科林·拉姆斯博顿，我却无以为报。”

我正准备说“布莱恩，其实你有办法回报我们。给我们几张欧元做路费”，他又低声催促了我们一遍：“走！快走！好运！”

他用力吸了一下鼻子，转向观众。“女士们先生们，”他大声说，“我在此很高兴地宣布，我即将迈入演艺生涯的新阶段。”

“你要息影了吗？”有人大声问道。

“谢天谢地。”另一个人叫道。

“不，”布莱恩忍住怒火回答道，“我会继续拍戏的。”

所有人的目光都集中在布莱恩身上，所有人——包括一半的持枪警察——都屏住呼吸，凝神静听他要说的话。这时，我隔着衣服紧紧抓住小跟班，和奶奶一起，慢慢地，极慢地，向后挪动了几步。

持枪警察似乎并未察觉。于是我们又挪了几步。接着又挪了几步——

“我要宣布的是——”布莱恩说。

人群拥得更近了，把他紧紧围住，奶奶和我急忙弯下身，从人墙中穿了过去。

“我是英国人！”布莱恩·科林·拉姆斯博顿大声宣

布道。

大家你看看我，我看看你，一片沉默。

“我的真名是布莱恩·科林·拉姆斯博顿。”他继续道。

奶奶和我冲出人群，沿着眼前不知名的法国街道一路狂奔。小跟班的身体在我的外套里来回弹着。我们飞快地转过街角，双脚在石子路上踏得啪啪作响。

我回过头瞥了一眼。持枪警察包围着人群，而人群又包围着布莱恩。每个人看上去都一头雾水。“但我还是我！”布莱恩大叫道。一阵风将他的声音传到了我们的耳畔。“我还是菲利普啊！只不过不是法国人，也不忧郁。事实上，我挺开朗的，真的。”

奶奶和我狂奔在巴黎的大街小巷上，经过了正准备打烊的服装店和门口仍坐着游客的咖啡馆。我们以奶奶八十岁的老腿所能承受的极限速度奔跑着，希望尽可能地与那帮全副武装的警察拉开距离。我紧紧抓住外套，希望外套里的小跟班尽量不被挤压到。

几分钟之后，奶奶突然停了下来，靠在最近的墙上，大口喘气。“奶奶，你还好吗？”我问，一边回想起爸爸说过的她腿不行了的话。我真心希望这么大的运动量没有超出她所能承受的范围。

奶奶发现街对面有一个凳子。“我虽然不认识你，”她疲惫地说，“但我想我可以坐在你的身上休息一会儿。”她蹒跚着向凳子走去。

听了这话，我愧疚至极。我知道自己有多么筋疲力尽，可想而知，奶奶的身体估计快要散架了。“呼——”她一边俯身坐向凳子，一边大喘气道，“甩掉担子真好啊。”她闭上眼睛，让自己好好放松片刻。

我褪下背包，放在脚边，默默地坐在她身边，回想过去几小时发生的种种。我看了一下表。时间是晚上7：13，也就是法国时间的8：13。可感觉上已是深夜，因为这一天着实漫长。我的肚子又开始咕咕叫了。距离我们在克里斯和斯维特兰卡的船上吃饼干和蛋糕，已经过去了好久好久。

“蛋糕！”这个字眼蹦入脑海，我不禁叫出声来。我把手伸进外套口袋，掏出在加来港和斯维特兰卡道别时她强塞进我口袋里的那块蛋糕。

我撕开蛋糕上的保鲜膜，一边啃咬，一边享受空空的胃被一点点填满的美妙感觉。

我们离埃菲尔铁塔已经有好几个街区远了，但我还是可以从远处看见它，看见它灯火通明、辉煌灿烂的夜景。几名警卫正站在塔顶的平台上，讨论怎么把斜靠在顶上的热气球给弄下来。

明亮的灯光照亮了每一寸夜空。我可以想见为何如此多的人会来巴黎度假，这的确是一座美丽的城市。

我忙着看风景，奶奶在闭目养神，小跟班则舒舒服服地蜷在我的外套里。这时，一位老太太向我们的凳子走了过来。要不是她举止古怪，我根本不会注意到她。

那个女人比奶奶个子小，但她俩差不多年纪，都留着一头爆炸式的白色鬈发。她在我们的凳子附近徘徊，手里抓着一个黑色公文包，神色紧张地环顾四周。“真奇怪。”我心里想。我继续啃蛋糕，看风景，享受这片刻的宁静。

过了一会儿，奶奶突然睁开了眼睛。

“我没睡着我只是在闭目养神。”她慌慌张张地一口气说。她的声音十分疲惫，又超级愧疚。

“奶奶，你瞧，”我动作尽量小地指着那个女人，悄声说，“这儿有一位女士和你长得好像啊。”

奶奶越过我的肩头看去。“哪里？”

“在我背后。”

奶奶又看了一眼，然后摇摇头：“没有人啊。”

我猛地转过头，正准备说：“奶奶，我觉得你该配副眼镜了。”这时，我发现那位老太太消失不见了。“真奇怪。她刚刚还在这儿的。”

“哦，好吧，”奶奶叹口气，“无所谓的。”她看着我，蓝眼睛闪闪发光，“重要的是我们已经冒了这么多险了，玛蒂尔达。让我们想想接下来怎么去瑞典，好吗？最好不要再有意外发生了。”

我重新用保鲜膜包好剩下的蛋糕，塞回口袋，然后掐指一算。距离第二天的诺贝尔奖颁奖典礼只剩十六小时了。我们肯定没时间再去经历意外事件了。

“好的，”我同意，“不再冒险了。”

真不该说这句打脸的话，而且说得真不是时候。因为就在这时，奶奶和我都感觉到有什么东西抵住了我们的身体。“别动。”奶奶的耳边响起一个低沉的声音。

我试图转过身去看看到底发生了什么，但我身后的东西抵得更紧了。“站起来。”那人低吼道。

好吧，这就有点让人摸不着头脑了。“但你刚刚还说‘别动’。”我辩解道。

“别给我耍花样。站起来！”是一个男人的声音，说着蹩脚的英语。

奶奶和我惊恐地对视了一眼。她点点头，我俩一起慢慢站起来，转身看见一个穿西服的秃头壮汉，正把枪口对准我们。

我倒吸一口气。我十二年的人生中还未曾经历过这种事情，短短一小时内，第二次被人拿枪指着。我可真心不希望这种事情成为家常便饭。

“你想干什么？”奶奶问。看得出她和我一样紧张。

男人挥枪指向路边停着的一辆车窗黑漆漆的银色轿车。“上车。”他命令道，声音十分冷淡。

小跟班在我怀里低吼。这一次，我真想叫它咬人。不过，我还是抓起背包。“我们要去哪儿？”

男人的嘴角浮起一丝冷笑。“露冷斯卡对你们不太满意。”他假惺惺地笑道，他的脸上有一道大疤。我甚至不愿去想他这疤痕是怎么弄的。

但露冷斯卡是谁？我根本不认识叫这个名字的人。这个名字对阿尔诺亚姆来说太过异域情调了。

这个恶棍打开车后门，把奶奶和我推进车里。我不禁开始想，要是当初跟警察走，说不定还好对付些呢。

我们在后排坐好。壮汉把手伸到我脸前，长满汗毛的指关节就在我的鼻子前。“手机。”他吼道。

“什么？”

“把你的手机给我，”他冷笑道，“别跟我装，说自己没手机。”

我把手伸进工装裤的口袋里，摸出手机后，递给了那个浑蛋。我不敢去想手机上到底有多少条爸妈的未接来电。我突然一阵伤感。要是爸妈知道我们在哪里，正经历着什么就好了。

那人朝奶奶打了个响指。“手机。”他重复道。

“哦，她确实没有手机，”我说，“我一直动员她买一部，因为这样我去坎特伯雷爱心之家——也就是她住的养老院看望她的时候，就可以趁机玩她的手机了。”我知道我又开始絮絮叨叨了，但我就是停不下来，我太紧张了。“爸妈不给我买好手机，你懂的，就是那种可以上网的手机，因为他们认为我会搞出一张天价话费单，就和你的——”

“够了！”持枪的男人扬起手喝令道，“别说了。”他怒气冲冲地打开副驾的门，坐了进去。他对司机简单地交代了几句，但我听不懂他讲了什么。

壮汉最后又恶狠狠地瞪了我们一眼，然后按下按钮，落下一道玻璃，将前排和后排座位隔开了。“喂！”我大叫道，俯身向前，敲打玻璃，但一点用也没有。玻璃虽然透明，但是隔音。我拼命地拨弄门把手，发出咯吱咯吱的声音。但也没用。

“我们被困住了！”我大叫。车嘎吱一声，从路边开动，汇入夜色中巴黎的车流。我倒吸一口冷气。谁知道露冷斯卡是何许人，她找我们有何贵干?

奶奶拍拍我的手，安抚道：“没事的，亲爱的。”她声音温柔地说：“我们还有彼此做伴呢。”她看着窗外，陷入沉思。“到最后，一切都会好起来，”她喃喃地说，“如果没有好起来，那就代表还没走到最后。维尔弗以前一直这么讲。我们在一部电影里看到了这句话。”

我很高兴我们中有人能够保持冷静。我抚摸着小跟班的头，说：“没事的，宝贝儿。没事的。”其实这句话多半是说给我自己听的。我不想在奶奶面前表现出害怕的样子，尤其不久之前，她用自己精湛的技术紧急降落了一只漏气的热气球，才使得我们死里逃生。

然而，当我透过黑漆漆的车窗，看着巴黎熙熙攘攘的街头，明亮的灯火与喧闹的人群在身后一闪而过，不知前方是何处，也不知等待我们的是什么，我不禁感到腹中一阵战栗。我忍不住想家了，真希望此刻我是和爸妈在一起，和往常一样，开车去参观肯特的罚单博物馆，虽然非常无聊，但他们打出的口号却是“欢度时光，不虚此行！”而不是像现在这般，被绑在车后排，还被一个男人拿枪指着。

# 19

# 非常时期

我爱我的父母，但他们真的是毫无冒险精神的人。我们一家每周六去超市大采购，把所有的生活必需品塞进购物车之后，每人可以奖励自己一样东西。我一般会这周买《国家地理》杂志，下周买车轮，再下周买一副大大的塑料眼镜，而我的父母则每次都买同样的东西。老妈：一堆薰衣草香型纸巾。她喜欢在抽屉、橱柜、汽车手套箱和我的背包里各放上一包。有一次最奇葩，竟然放在了冰箱里。老妈觉得人人手边都该备一包纸巾，最多不能超过两三步的距离，因为你永远无法知道什么时候要用到纸巾。老爸：一盒无花果。

每周如此，雷打不动。

但是非常时期需要非常手段。

通过我的短信，他们得知奶奶和我还活着。他们不停地给我打电话，却依然无法与我通话。于是，老爸知道是他们该出手的时候了。

我的父母在动身前往多佛港之前，花了一上午时间搜遍阿尔诺亚姆的大街小巷，想等到我们自己现身。当然，我们没有出现。于是，他们又开车回家，带上护照和一些随身物品。不到一小时，他们就乘上了开往法国的渡轮。

我父母从未有过这种经历。我离家出走，他们气炸了，但他们不得不承认，在身体深处——在非常深的深处，越过胃、肠道和早餐未消化的稀饭——一小部分的他们，感觉这一切太刺激了。这一定就是活在刀锋上的感觉！

不过——当轮船行驶在英吉利海峡，老爸老妈站在甲板上，远远眺望多佛港渐行渐远的灯光时，心里想的依然是，他们的女儿到底跑哪里去了。

# 20

# 跨越国境

**距离斯德哥尔摩607英里**

他们的女儿此刻正被绑在一辆车的后座上，车上还有一个男人拿枪指着她。

奶奶在睡着前，还交代我："把外套脱掉再睡，否则会不舒服的。"她向来是一位温柔体贴的奶奶。于是，小跟班便蜷缩在我工装裤的口袋里，像个小袋鼠一样。它毛茸茸的身体紧贴着我，让我心安，就像在这样寒冷的一个冬夜，妈妈塞进我被窝里的热水袋一样，给我带来了温暖。我不知道小跟班是否有主人，但即使有，它的主人也没照顾好它。我收养了它，或许也帮到了它。

我们在路上行驶了好几小时了。巴黎灯火通明的大街早已被抛在身后，取而代之的是黑漆漆的小路和乡野。不久之前，车在一处关卡停留了一小会儿，但很快便被放行，也没人问任何问题。我们一定是跨过了国境线，现在应该正行驶在比利时境内。或者德国，或者卢森堡。或者，假如真出了问题，开上了一艘驶往伯利兹的货船。

我闭上眼睛，努力分析当下的形势。一方面，我很害怕等在我们面前的是死亡。不过，话又说回来，如果露冷斯卡出于某种原因想杀掉我们，那穿西服的男人在巴黎就可以动手。除非露冷斯卡想亲手处决我们？

我主动放空自己那装满点子的大脑。我已经筋疲力尽了，还是学奶奶，趁能睡的时候睡会儿吧。

我突然惊醒了。头三秒钟，我还以为自己在阿尔诺亚姆的家中，正躺在自己舒适的小床上，盖着一床印有爱因斯坦头像的羽绒被。然后我才记起发生了什么。

我揉揉眼睛，让自己清醒过来，向窗外望去。我们在一座城市里，正行驶在交通拥堵的大街上，街两边高楼耸立。摩天大厦与中世纪的教堂并立；人们从酒吧和餐厅推门而出，室内的欢闹声随之溢出，飘荡在夜晚的马路上。

我们停在了一栋尖角的公寓楼下，整座楼由玻璃筑成。一个戴着高帽子的男人为我们打开了车门。我轻轻把奶奶摇醒，扶她下车，看了一眼手表——晚上9：37。法国时间10：37，如果我们还在法国境内的话。

持枪的壮汉早已收起了手枪，但他带领我们走进公寓楼时，依然凶巴巴地怒视着我们。我们的鞋在大理石地面上发出咯噔咯噔的响声。贵重的艺术品装饰着四周的墙面。无论在哪里，这都算是一栋高档的公寓。我从未去过丽兹酒店，但我敢肯定，丽兹酒店和这里比起来，就像一间简陋的家庭旅馆。

我们被推进大厅后部的电梯时，我捉住奶奶的手。电梯一直上到大楼的顶层，才叮一声停下来。“顶楼套房。”那个壮硕的恶棍粗声粗气地说。

电梯门打开后，眼前出现的是我所见过的最豪华的房间。地面上铺着黑白相间的瓷砖。房间一角放着一架钢琴。整个套房都安装了落地窗，放眼望去，可以看见这座陌生的城市最美的景致。

坐在窗前一把蛋壳形椅子里的是一个漂亮女人。她有一头火红的头发，涂着鲜红的口红和指甲，穿一条紧身小黑裙，肩上别着一枚闪亮的巨型钻石胸针。

不知何故，她看上去十分眼熟，虽然我们素不相识。这位一定就是露冷斯卡了。还有她的猫——卧在她膝盖上的是一团白色毛球，正舔着爪子，用琥珀色的眼睛懒懒地打量着我们。

“弗朗索瓦·贝特朗博士，”露冷斯卡带着浓重的口音说，“我一直在等你——”

还未等她说完这句话，猫就从她的膝头跳下来，一蹦一跳地向我走来。“科索沃！”露冷斯卡吃了一惊，叫道。

小跟班往我的胸口贴得更紧了，并发出轻轻的低吼。它不喜欢这只猫。我不怪它，我也不喜欢这只猫的主人。猫在我的腿间上蹿下跳。“嘘！”我抚慰着小跟班。

奶奶向前走了几步，抓住机会向露冷斯卡求情。“我觉得我应该告诉你，”她说，“这里面一定有什么误会。我不是你要找的那个弗朗索瓦·贝特朗博士。我是乔丝·摩尔教授。这是我的孙女，玛蒂尔达。”

露冷斯卡好奇地打量着我们俩。她看见了奶奶的一头白发。“公文包在哪儿？”过了一会儿，她用平静的语气说。

“什么公文包？”奶奶惊讶地问。

我脑海里有什么东西一闪而过。“当时还有一位老太太，”我慢慢回忆道，“站在我们附近，就在他抓住我们之前。”我朝持枪的男人点点头，“她和奶奶长得一模一样。是她拿着一个公文包。”

露冷斯卡一条眉毛高高挑起，表示不信我说的话。她叹口气道：“所以呢，我的钻石呢？”

“钻石？”我小声嘀咕。我不得不承认，这太有趣了。“什么钻石？”

“我是一名钻石交易商，”露冷斯卡一本正经道，“是这个行业里做得最好的，所以我知道什么时候被人算计了。上周，我的一批钻石不见了，而且我听说，我的一个对手，弗朗索瓦·贝特朗博士，和这件事情有关。”

终于明白了。“所以你抓住奶奶，以为她是贝特朗博士。”我明白她哪里搞错了，于是指出。我突然如释重负。

“好了，现在你知道她不是了，这一切只是个大乌龙，你可以放我们走了！”

露冷斯卡发出一串银铃般的笑声。“我可不这么认为，”她说，“就算你们真的没有谎报身份，你们也得被做掉。你们知道得太多了。”

“但这是你自己要告诉我们的！”我喊道，“你不告诉我们的话，我们可什么都不知道！”

“你们知道了我住哪里，”露冷斯卡耸耸肩膀，说，“就有可能去找警察告状。外边有人一直在找我。”她清清嗓子：“我做的交易并不是百分之百合法，你们是知道的。”

“我们不会的！”我叫道，“放我们走吧！”

但露冷斯卡不为所动。她转身走回窗边，凝望窗外风景，好似在这世间毫无烦心之事。而她刚刚下令杀掉两个人的事，也根本不值一提。“不！”我尖叫道，“这不公平！”

自始至终，我一直甩不掉一种感觉：我在哪里见过露冷斯卡。这印象我到底从哪里得来的呢？她看上去这么眼熟。

**玛蒂尔达·摩尔趣味知识7**

人类的大脑每秒钟大约能够接收1100万比特信息，

但人们只能意识到其中的40比特。

（我知道答案就潜藏在大脑的某个角落，只需要动脑筋去想。生死在此一举。）

我们身后传来拉动枪栓的声音。奶奶紧紧闭上眼睛。“我爱你，玛蒂尔达。”她轻声说。

就在子弹上膛的那一刻，在我大脑的最深处，一丝灵感的火花突然闪现了：那只名叫科索沃的猫。露冷斯卡那张熟悉的面孔。露冷斯卡这个听起来这么熟悉的名字。

啊呀！我想起来了！

“斯维特兰卡！”我大叫道。

露冷斯卡发出一声惊叹，穿西服的男人立马停止了手上的动作。她即刻转头面向我们。“那是我妹妹！”她小声道，“你们怎么——？”

“今天早上我们刚坐过她的船！”我叫道，“她和她的丈夫克里斯·P.达克一起，把我们从多佛带到了加来。”

露冷斯卡眉头一皱。“香酥鸭？”她瞪着我和奶奶，脑子一时转不过来。“不对，”过了一会儿，她说，“这种信息可以从网上查到。这是一个缓兵之计，你们想借此自救。”

“我的手机在他手上！”我指着那个恶棍叫道，“而且我的手机根本联不了网！”

露冷斯卡对着她的手下打了一个响指。“给我看一下贝特朗博士的照片。”她要求道。

恶棍从西服口袋里掏出一张模糊不清的照片，照片上一位满头银发的老太太正走在一条街上，很难看清她的面部。露冷斯卡来回比对着照片和奶奶。我可以看出，她正在做思想斗争。

“你得相信我们，”我恳求道，“我们认识你妹妹！斯维特兰卡在船上告诉过我们，她从科索沃来，你们姐妹分离多年。她人真的很好。她还请我们喝茶，吃卡仕达饼干，和——”

我突然记起了一件事，倒抽一口气。当然了！我飞快地从口袋里取出那块蛋糕，递给露冷斯卡。“你外婆奥尔加的快手料理：柠檬橘子酱茶渣蛋糕！”

我把蛋糕塞给露冷斯卡，她扶住椅背，支撑自己。她揭开保鲜膜一角，轻咬一口蛋糕。片刻之后，泪水盈眶——蛋糕的味道带她回到了童年。“我不……不敢相信。”她轻轻地说。

她深深地吸一口气，然后挽住奶奶和我的胳膊，带我们到房间另一端的一张洁净如新的玻璃餐桌前就座。“你们远道而来，”她笑着对我们说，“一定饿坏了。我们边吃边聊，我想听听你们的经历。”

就这样，奶奶、小跟班和我躲过了欧洲头号通缉犯的追杀。真好。

我们向露冷斯卡讲述去瑞典的目的，讲述小跟班怎么带我们上了克里斯·P.达克的船；露冷斯卡则点了一桌子的美食款待我们。奶奶和我狼吞虎咽地吃下了所有的菜，包括：

德国泡菜

马铃薯球

夹鱼面包

油煎香肠

咖喱香肠（这个最难吃）

还有……汉堡。“一道‘国菜’，”露冷斯卡笑道，“我们离开法国后，我天天吃汉堡。”听到这个词儿，我耳朵顿时竖了起来。“汉堡！”我叫道，“你把我们带到了德国？”

露冷斯卡点点头。“我要在这边潜伏一段时间，”她悄声说，“等法国那边的风波过去。”

没关系，我心想，我们还在去斯德哥尔摩的路上。

现在要操心的只是采取哪种交通方式了。

“冒昧问一下，”我羞怯地问，因为露冷斯卡虽然招待我们吃了一顿大餐，她毕竟还是一个曾经想置我们于死地的罪犯，“您能否开车送我们去车站？或许再借我们一点欧元？我们可以看看有没有去斯德哥尔摩的夜车。”

露冷斯卡微微一笑。她俯下身，拍了拍桌子底下的科索沃。它正在和小跟班一起欢快地分享一盘带皮烤马铃薯。“事实上，我可以做得更好，”露冷斯卡柔声说，“我可以直接开车送你们过去。”

“真的吗？”奶奶说，“你太好了。”

露冷斯卡耸耸肩，似乎这不值一提。但我还是可以看出她很受感动。“谢谢你们带给我关于外婆的美好记忆，还告诉了我失散多年的妹妹的消息。”她轻声说。

那个持枪的男人走上前来，和露冷斯卡用法语交谈。（事实上，一小时前，关于奶奶和贝特朗博士的乌龙澄清之后，他早就把枪收了起来。）

“好了，好了。”露冷斯卡一边不耐烦地说道，一边挥手让他走开。她转向奶奶和我。“他说我和人有约在先，得去一趟。”她叹气道。这个男人一定是露冷斯卡的保镖兼杀手兼私人秘书。不过，我一点也不羡慕他。“其实，是一个马戏团，”露冷斯卡说着，有了一个主意，“你们愿意一起去吗？”

我把面前的盘子推开，一股气从胃中上逆，想打嗝，但被我压了下去。我说：“谢谢你，露冷斯卡，但我们急着赶路，以防夜长梦多。”说这句话时，我脑海里浮现一个词：“意外事件”。

露冷斯卡看了看手表。“你们不用着急走。我会让司机连夜开车送你们。我丢失的钻石还在外面没找回来，我需要和我的副手谈一谈。”

“在马戏团吗？”我疑惑地问。

露冷斯卡拉回椅子，一把将科索沃揽回怀中。“我很快就会安排你们出发的。”

奶奶朝我耸耸肩，表示“我们又能做什么？”事实的确如此——没有露冷斯卡的帮助，我们到不了瑞典。我们只好听从她的安排。

至少我们会坐着闪亮的银色豪车赶到诺贝尔颁奖典礼的现场，而不用操心在哪里停放热气球。而且我们也不会再被一个怒气冲天的科索沃匪徒追杀了。何况我还免费吃了一大堆汉堡！

事情正朝着好的方向发展。

# 21 翻滚吧！翻滚吧！

我从未看过马戏团表演，更不用说这种通宵演出了。老妈老爸认为看小丑互相往对方脸上扔奶油蛋糕，一点教育意义也没有，你懂的。

马戏团驻扎在汉堡郊区的一片场地上。场地上扎满了五颜六色、大大小小的帐篷，还有演员们住的大篷车、关动物的笼子和供应食物饮料的货摊。

露冷斯卡给科索沃戴上了牵引绳，也给了我一根，让我给小跟班戴上，这样它就只能老老实实走在我们身边，我也不用担心它到处乱跑、不停闯祸了。虽然一只猫戴牵引绳很奇怪，但我们走在人群里，也没有人说什么。人们似乎都认识露冷斯卡，清楚她的来头和手段。于是，走在她身后，我不禁倒吸一口冷气。我们被请入座时，我和奶奶互递了一个眼神儿——我们自然是坐在观众席上最好的位子——就知道她在和我想同一件事。

灯光转暗，奶奶和我惊讶地看着小丑们展开例行的表演：搬木板，互相砸头，向观众撒亮粉。接着出场的是空中飞人和走钢丝者。他们在五十英尺的高空中稳稳当当地做出各种令人惊叹的动作，没有丝毫失误。经过热气球历险，我知道仅是待在那么高的地方就有多么吓人，更何况还得在钢丝上行走。

不过，我最喜欢的，还是柔术表演。一个小丑搬来一只手提箱，舞台突然安静下来。过了一会儿，人们都开始好奇到底发生了什么。这时，手提箱开始咯咯响。极慢极慢地，在我们都俯身向前，想要一窥究竟时，手提箱的拉链打开了。从里面，伸出了一条腿。接着，另一条腿。再接着，两条胳膊、一段身躯和一个脑袋。柔术师舒展开身子，站了起来，迎接她的是满堂喝彩和掌声，她轻轻鞠躬。她的紧身衣，缀满宝石，在黑暗中闪闪发光。

我用力鼓掌，手都拍麻了。我看了看身边的奶奶，看见她快活的样子，心中顿时涌起一阵暖意。这当然比在养老院玩填字游戏有趣多了。即使我们白跑一趟，到了瑞典，没法抹去斯莫克教授那副得意扬扬的假笑，没法让他开口承认剽窃了奶奶的研究成果，至少，我给了她一次永生难忘的冒险之旅。一次惊心动魄、意想不到的历险，这一路上坐过牛奶车、轮船、热气球，遇见过著名影星、武装警察，还有现在的这些——狮子、小丑、大象和一位珠光宝气、身体柔韧的柔术大师。

更过瘾的是，演出结束后，露冷斯卡去见马戏团团长，奶奶、小跟班和我则被邀请去后台看看动物和演员们。出了大帐篷，我们走进了一个更加神奇的空间。原来，后台，才是精彩真正上演的地方。

食火者和走高跷的男人们在聊天，体操表演者在狼吞虎咽地吃着汉堡。在他们身边，鼓手在击打邦戈鼓。空中飞人拿着一包花生喂大象，一群女士在角落练习吞剑——奶奶认为这种事情我不该效仿。

就在那时，一声震耳欲聋的咆哮如雷霆般响彻整个场地。奶奶和我看了看对方，既兴奋又害怕。“是狮子！”我小声说。我可不希望它们像其他演员那样在后台四处溜达。接着，又是一声咆哮！！！

小跟班跳入我怀里。我把它塞回外套，牵引绳揣在兜里。

“那头狮子还好吧？”奶奶向离她最近的一个人打听。“它听起来很焦躁。”不幸的是，这人是个身穿黑白条纹制服、头戴黑色贝雷帽的哑剧演员。他耸耸肩。问他等于白问。

人们还没缓过神来，一个小丑跑了进来，他双手在空中比画着，一副惊恐失措的样子。“快叫兽医！”他用带德国口音的英语大喊，“参孙快不行了！我们不能失去它。它可是马戏团的明星。”

奶奶轻轻把手放在他的胳膊上。“带我去看看。”她说。我和小丑一样感到惊讶不已。“我嫁给一个兽医五十五年，”奶奶解释道，“总该学到一两招吧。”

小丑看看周围的人，寻求支持。“啊，”他结结巴巴地说，“我不太肯定你——”

奶奶挺直腰杆，拢了拢身上的红色大衣。

“我的全名是乔丝琳·摩尔教授，FRS，FRSE，FRAS[①]。天体物理学家，1987年度《泰晤士报》填字游戏冠军，驾驶证无违章记录，皇家防止虐待动物协会会员。”

我不得不承认——现在奶奶曝出什么猛料我都不感到意外了。我猜想八十年的漫长人生确实可以很充实很丰富。

小丑惊讶得下巴都掉了下来。过了一会儿，他才回过神来，赶忙伸出手。“我是弗雷德里克，”他说，“请跟我来。”他带领奶奶穿过后台。我在后边追赶着他们，背包在肩膀上一摆一晃，小跟班在胸口来回摇晃。

场地后部摆放着两架巨大的铁笼子，每只笼子里都关有一只毛发金黄、仪态威严的成年雄狮。一只卧在地上，慵懒地舔着爪子，懒洋洋地甩动着尾巴。它有些好奇地注视着我们一步一步靠近笼子。我虽然不喜欢动物被关在笼子里，但此时此刻，我祈祷这只笼子足够结实。

---

① “FRS，FRSE，FRAS”：（英国）皇家学会会员（Fellow of the Royal Society），爱丁堡皇家学会会员（Fellow of the Royal Society of Edinburgh），英国皇家天文学会会员（Fellow of the Royal Astronomical Society）。——编者注

另一只狮子在地上痛得打滚。它大张着嘴巴，嘴角满是白色的泡沫。

奶奶看了一眼，说："我们得让它安静下来。你们有镇静剂吗？"弗雷德里克从笼子旁的一只盒子里拔出了一杆巨型信号枪，并装上一支长长的圆柱形飞镖。

我正准备问："你确定要让一个小丑向狮子开枪吗？"奶奶一把接过信号枪，左眼瞄准，扣动扳机。我在心里默默记下："猎场看守"和"神枪手"也该列入她的成就列表。

麻醉针射在了狮子的大腿上，没过多久，它就沉沉睡去了。奶奶把麻醉枪立在笼子旁，示意弗雷德里克打开笼子。她准备进去。

**玛蒂尔达·摩尔趣味知识8**

单个血细胞大约每60秒可以在体内循环一周。

（奶奶爬进笼子的那一刻，我全身上下的血细胞都涌上了耳朵。无论狮子睡没睡，这都很危险。）

弗雷德里克动作很轻地转动锁孔里的钥匙，笼门一下弹开了。就在那时，我的手机响了。我从口袋里掏出手机，看见"老爸"两个字在屏幕上闪烁。我不知道究竟还能搪塞他多久。让老爸老妈以为奶奶和我失踪了，或者死了，或者别的什么，也不公平。我心情沉重地按下接听键。“喂？”

“玛蒂尔达！”老爸大叫道。我听出他松了一口气，立刻感到无比愧疚，怨自己没早点和他通话。“你在哪儿？”

“呃，”我看着奶奶跪在一头狮子旁，说：“情况有点……复杂。”

“你们还好吗？”老爸问。

我又看了一眼狮子。“还好。”我努力保持语气平静。

“快告诉我们你们在哪儿，亲爱的。”老爸说。

“在一个马戏团。在汉堡。”

这时，老爸的语气突然变了。“玛蒂尔达，你给我听着。”老爸在电话那头怒气冲冲地说。他不喜欢听我撒谎，虽然我是无辜的。“你最好少跟我兜圈子，赶快告诉我们你们现在在哪儿？”

“我已经说过了！”我抗议道，“奶奶正在照看马戏团的一头狮子——”

“小丫头，别跟我撒谎，”老爸怒吼道，“你已经惹了不少麻烦了。”

“我没有撒谎！”

老爸哀叹一声。“我警告你。”他低吼道。

我真的受够了。如果老爸压根儿没准备听我讲，如果他坚持说我在撒谎，我又何苦自寻烦恼？他已经知道了我们还活着，这才是最主要的。“听着，”我生气地说，“奶奶和我和小跟班都平安无事，明天我们就到斯德哥尔摩了，准时参加中午十二点的诺贝尔奖颁奖典礼。你们只需要知道这么多。”我一边跺脚，一边生气地挂断了电话。

我明白爸妈是为我担心，可我和奶奶在一起呢——我很安全，也很安心。除了身边躺着一头狮子，不过看样子……麻醉药起了作用。

老妈老爸总觉得我们不该跨过整个欧洲去闯诺贝尔奖颁奖典礼，但他们错了。我们已经走了这么远了。他们怎么就不明白，这件事，我们不得不为——也别无选择？

“快叫团长来。”奶奶一声大喊，拉回了我的思绪。弗雷德里克拔腿就跑，在后台四处闲逛的演员们之中穿行。

“一切还好吗，奶奶？”我说。透过铁笼的栅栏，我仔细查看狮子有无苏醒的迹象。还好，它还在昏沉沉地酣睡。

“没事，亲爱的，”奶奶回答道，“你就站在笼子外边别动，好吗？”

不一会儿，团长就匆匆忙忙地赶来了，他头上高高的帽子歪向一侧。露泠斯卡、科索沃和她的手下紧随其后。团长走进笼子，蹲在狮子身旁，他红色外衣的衣摆拖在地上。“发生了什么？”他急切地问奶奶。

“这头狮子被人下了毒。”奶奶回答说。

人群中发出一片惊叹，人们纷纷拥上前来，想一探究竟。露泠斯卡在我身旁徘徊。“哦，天哪。”她喃喃自语。

“你确定吗？”团长问。

奶奶点点头。“而且从各种迹象上看，就在不久以前。你得给它服用活性炭。活性炭吸附在毒素上，可以防止进一步扩散至血液。然后这可怜的家伙还得打一个疗程的抗生素。”

团长感激地拍拍奶奶的手，然后站了起来。他走出笼子，理了理头上的高帽子。“所有人，站在原地，别动！”他大吼道。大家听见他的声音都僵住了。“谁对我的狮子下了毒手，那个人一定还在这里！”

没人敢出声。一片沉寂中，只听见风刮过树梢的声音……

我举起手。“嗯，可以放我们走吗，拜托啦？”我大声请求道，“我们明天一早得赶到斯德哥尔摩。”

团长摇摇头。“当然不行，”他说，“谁都不许动。”

我和奶奶面面相觑。这就是所谓的“意外事件”。

“但这件事与我们无关！”我抗议道。

团长的眼睛在人群中打量了一圈，最后他的目光落在了我身边的露冷斯卡身上。他若有所思地敲着下巴。“这我可说不准。”他神秘兮兮地说。

# 22 黎明时分的奶油蛋糕！

每个人都默默地打量起其他人。我可以感到身边的露冷斯卡有点不高兴了。从她身后，传来一声清脆的“咔嗒”。我从眼角瞥见露冷斯卡的保镖摸出了手枪，对准了马戏团团长。

马戏团的大力士摩拳擦掌，跃跃欲试。

小丑们准备好了喷水的塑料花。

大象也准备好往每个人头上喷撒花生。

就在这时——

不知从哪里，飞来了一块奶油蛋糕。它越过马戏团的场地，在空中划出一条完美的抛物线，然后啪的一声，正好落在了露冷斯卡的脚边。她眉梢一挑。小猫科索沃张开爪子，嗞嗞叫着，纵身一跃，扑向它身边最近的敌人。

离它最近的敌人刚好是一个踩高跷的男人。科索沃跳起来扑向他的时候，他没站稳，一个趔趄，摔得四脚朝天，正好又撞上了表演口中喷火的女人，她一惊，吐出了一股火焰。

这股火焰喷在了三个杂耍人身上，他们正好在练习杂耍。不巧的是，这三个杂耍人耍的是宝剑。锋利的、尖尖的短剑。

十二把短剑齐射空中，众人纷纷闪避。慌乱中，小丑撞上了空中飞人。大力士撞上了大象，很快又淹没在象鼻子喷出的一堆花生中。穿着红色蓬蓬裙、戴头巾的算命女人撞上了我的后背，她的水晶球与我的背包相撞后，掉在地上。我听见了玻璃破碎的声音，水晶球碎了一地。我猜她大概也没有测算到这一幕。

露冷斯卡的手下拉住她的胳膊，护送她穿过混乱的现场，一边躲避空中飞来飞去的棉花糖，一边穿梭于来来往往的独轮脚踏车之中。“等等！”我大声喊道，但露冷斯卡没有听见我的喊声，“等等我们！”

小丑弗雷德里克出现在我们身边，一把抓住奶奶的胳膊。“我可以帮你们逃离，”他低声说，“这边。”

“但露冷斯卡说过要开车送我们去瑞典。”我一边说，一边拼命地在人群中寻找她的身影。

“我可以带你们去车站，”弗雷德里克说，“然后你们可以从车站出发去丹麦。”

奶奶礼貌性地咳嗽了一声。“我们身无分文，”她说，“也没有护照。”

弗雷德里克沉思片刻。“你们上了火车之后，”他说，“去找一个叫汉斯的列车员。告诉他，是我，弗雷德里克，让你们去找他的。他会把你们安全送到丹麦，再给你们一笔钱，足够你们赶去瑞典。”

我眯起眼睛打量小丑。这一切听起来太过美好，美好得太不真实了。“你为什么要这么做？”

弗雷德里克耸耸肩。“你们帮我们救了狮子。这是我最起码能替你们做的一点事。露冷斯卡溜了，你们也别无选择了。快，来吧。”他带领我们穿过人群，走出马戏团。他一边走着，他那小丑的大鞋子一边发出咯吱咯吱的声音。

“这里。”弗雷德里克低声说。我们来到了一辆黄色的小丑车前，我认出这就是演出中用的那一辆。他为我们打开车后门。车里，已经有六个小丑。他们缩在一起瑟瑟发抖，躲避外面的混战。

“呃。”我犹豫着。我们不可能都挤得进去吧。

“快进去。”弗雷德里克坚持道，把我俩都推了进去。

奶奶和我，还有蜷缩在我腿上的小跟班，和六个小丑挤在了一起。背包带子紧紧勒住我的肩膀。我的腿很快就麻木了——因为一个小丑正好躺在了我的腿上。身体弯折成这样，我感觉自己也快成柔术师了。

弗雷德里克爬进驾驶座，开始踩动踏板。居然是靠脚踏！小丑车以龟速缓慢前行。

我不知道车站还有多远，也不知道去丹麦最早的一班火车何时发车，更不知道我们要多久才能赶到车站。但我知道，我们就算爬，也要爬到瑞典去。“你能踏快点吗？”我喊道。因为实在太挤了，我的声音也闷闷的。

“当然。”弗雷德里克回答道。他的双脚加速踩踏着，不一会儿就累得满头大汗。“我说过，帮助你们是我最起码能为你们做的，因为你们救回了我们的狮子。”

弗雷德里克从后视镜里看看我。“不过，”他装作漫不经心地补充道，“我需要你们帮我一个小忙。”

我倒吸一口气。我就知道没有这么好的事情！而且我也不喜欢他说“帮一个小忙”时的口气。一点也不喜欢。

## 23

# 各位请上车！

小丑车，载着六个小丑和挤作一团的奶奶、小跟班和我，在汉堡空荡荡的大街上，以龟速爬行着。路上没有街灯，我们只能趁着月光赶路。“还要多久？”我喊道。

弗雷德里克踩了一路的脚踏车，此时已经筋疲力尽。他指着远处的一座建筑，“就快到了！”他答道，“不远了。”

奶奶一动不动地坐着，眼睛直直地盯着前方。我真佩服她强大的内心——天大的事情摆在眼前，她也能镇定自如。别的不说，在刚刚过去的十九个小时里，奶奶身上就展现了许多值得我敬佩的品质。

几分钟后，弗雷德里克长舒一口气。“我们到了！”他停车，大喊道，“所有人，下车。”

说来容易做起来难。六个小丑舒展开身子，从我们身上依次爬过。我呻吟着，抓住门把手，跟在他们后边，跳下车，再回过头，扶奶奶下车。我们两个站在路边，伸展四肢，活动膝盖。

弗雷德里克打开车后备厢，又有一个小丑从里边爬了出来。“什么？”小丑耸耸肩，似乎他做这种事早已轻车熟路。

弗雷德里克从后备厢取出一只小小的手提箱。他把拉链拉开一点点，我朝箱子里瞄了一眼。“吹风机？”我瞥见最上边塞着的几样东西，于是问道，“剪刀和假指甲片？”

“礼物，”弗雷德里克回答说，“是带给我家人的，他们是美容师。”他又补充道，仿佛这可以解释一切：“恐怕这箱子有点重，但这就是我想要你们帮我的小忙。”

奶奶和我交换眼神。“你想让我们做些什么？”我怀疑地问。

“也没什么，”弗雷德里克故作轻松地回答道，“只要在火车上帮忙照看一下就行。”

“到那边后，我们要把它交给谁呢？”

弗雷德里克摆摆手，似乎这是个无关紧要的问题。“哦，这个不用担心，”他神秘兮兮地说，“船到桥头自然直。快，来吧——我听到火车进站了。”弗雷德里克抓起箱子，把它拖上楼梯，拖进车站。奶奶和我一路小跑着，跟在后面。

车站很小，只有很短的一截月台和一条轨道。没有工作人员，也没有售票机。但此时此刻，确实有一列车头上标着

“哥本哈根”字样的火车驶进了车站。

“就是这列车。”弗雷德里克大声说道。火车停下后，他使劲按动车门上的按钮，然后依次把箱子、奶奶和我抱上火车。“多谢了，”他一边大喊，一边隔着缓缓关上的车门朝我们挥手。“记住，去找汉斯！别让箱子离开你们的视线！祝你们好运！”

“好运？”我大声问，看看弗雷德里克，又看看行李箱。“我们为什么需要好运？”

火车渐渐驶离了车站，弗雷德里克和其他七个小丑很快消失在了视野中。奶奶一只手放在我的胳膊上，安慰我说：“来吧，亲爱的。我们找个位子坐下吧。”

她把行李箱拖到靠窗的第四排座位上。车厢几乎是空的，只有一位皮肤苍白的女士，坐在车厢后部，对着笔记本电脑，不停地敲着键盘。她的头发是黑色的，剪得很短，胳膊上露出一条龙形的文身。

我们一屁股坐进座位。小跟班察觉出周围环境的变化——这次是变得安全平静了——呜呜着想要出来。我解开外套纽扣，让它跳出来，趴在我脚边的地面上。火车开往丹麦，离我们的目的地那么近了。我让自己稍稍放松。这一天可真够漫长的。

“我们还要在车上待好几小时呢，”奶奶见我疲惫的样子，说，“我建议咱们都休息一会儿吧。”

我可不需要再次被提醒，上次睡着，是在一辆车上，脑袋被枪口指着，前路生死未卜。这一趟，起码我们知道很快就可以到达丹麦，瑞典已经近在咫尺。另外，这一路上，还能得到售票员汉斯的照应，轻松多了。

奶奶和我，在火车的一摇一晃中，彻底放松下来，几秒钟就睡着了。列车疾驰着，穿行在暗夜中，一路向前，向前，直至破晓黎明……

# 24

# 你以为我们在吃蜗牛？

**玛蒂尔达·摩尔趣味知识9**

假如荷兰的5万亿只蜘蛛不吃昆虫，而改吃人肉，那么荷兰的1670万人口将在短短3天之内被全部吃掉。

不骗你，这是真事儿！

（最好别告诉我爸妈。）

在奶奶和我沉睡之时，爸妈正驾车穿越荷兰。从加来登岸之后，他们租了一辆车。妈妈借助一本旅游指南书，用磕磕绊绊的法语，尝试和当地人交流。不幸的是，指南里并没有“我们可以租一辆四门的轿车吗？”这句话的法语，而租车公司也只剩下最后一辆车了。于是，我那爱好名车的老爸，只好将就着开一辆破破烂烂的小面包车，穿过法国、德国和荷兰。面包车顶上还罩着一张棕色的地毯，简直像一张毛皮，两只大大的棕色耳朵垂在两侧，一条粉色的舌头挂在车牌上。如果说，我不听老爸的话，已经惹得他够生气了，那么，不得不开走加来租车公司仅剩的这辆“小丑车”，更是要把他气炸了。

很快，我的父母便来到了乌得勒支，一座美丽的荷兰城市。城中，窄窄的街道和沉睡的运河，纵横交错。运河两岸，商肆林立，大多已改成了餐厅，店门口悬挂的小彩灯一闪一闪，临街的玻璃大门敞开着——虽已是夜深时分，但所有的餐厅仍在热火朝天地营业中。

老爸的肚子咕咕叫，他们已经连续驾驶好几小时了。老妈已经在副驾驶座位上打起了瞌睡，她的任务本来是看地图的。他们自带的火腿三明治，早被消灭了。（老爸才不在乎面包屑掉在这辆车里呢。）老爸一时心血来潮（这真的很不符合他的个性），把车停在街边，关掉引擎。他轻轻地摇醒老妈。“我想我们可以在这儿简单吃点东西，”老爸说，“活动活动腿脚，再继续赶路。”

我可能提到过，我父母不喜欢尝试不一样的东西，他们喜欢固定的模式。周一、周三和周五吃蟾蜍在洞[1]，周二、

---

① 蟾蜍在洞：“Toad in the Hole”，一道英国传统菜，主要由香肠、约克郡布丁组成，常搭配洋葱肉汁与蔬菜食用。——编者注

周四吃煎蛋卷和土豆，周六是牧羊人派，周日是豪华配菜版烤鸡。每周如此，雷打不动。

今天的火腿三明治已属例外。现在，一位面带笑容的服务生将他们引至餐厅一角的烛光餐桌旁就座。窗外景色迷人，可以看见绿树浓荫中的运河。他俩翻看菜单时，不禁慌了起来。Bitterballen、groentesoep met balletjes，诸如此类的字词，在他们眼前游弋。而他们完全不晓得stamppot和rookworst究竟是什么东西。哦，他们多么希望菜单上配有图片。

“或许他们可以给我们做一份干酪吐司？”妈妈一边设法把菜单整明白，一边小声说。她笑盈盈地看着爸爸。他们好久没在外面吃饭，享受二人世界了。在这么幽静、优美、浪漫的环境下，她不得不承认，这感觉相当不错。

指着他们都不认识的字，老爸老妈一起点了一道配菜为土豆和蔬菜的荤菜。他俩都饿坏了，反正也没有别的东西可吃。“祝你好胃口，”老妈边说边犹疑着叉起盘子上一块灰不啦唧的肉。她慢慢地咀嚼片刻，一边吞咽一边回味着。“嗯……”她说，“太好吃了。”

老爸也来了一口。“吃起来像香肠，”他仔细品尝后说，“我想这道菜我们可以吃的。”

就在这时，妈妈伸出手，轻轻捏了捏爸爸的手。“玛蒂尔达真的让我很生气，不过现在我只想她平安回家。”她说，“她会没事的，对吧？”

爸爸放下刀叉，握住妈妈的手。“她机灵着呢，”他回答说，“她鬼点子多，又不肯轻易罢休。”

泪水涌上妈妈的眼眶。“她真是个特别的孩子，不是吗？”

爸爸大笑道：“有时真难以相信她是我们生的。”

他们就那样静静地坐了一会儿，握着彼此的手，享受对方的陪伴。荷兰菜一道接一道端上来，都十分美味可口。他们甚至还点了甜品——Griesmellpudding——一种小麦粉做的甜布丁，配着红莓果酱吃。

饭后，他们走回停车的地方。一路上，他们闪避着骑自行车呼啸而过的学生们。那一刻，他们感觉自己又回到了青春时代。爸爸忘掉了工作上的压力，妈妈也把周一读书会上要讨论的书抛在了脑后。他们知道此行的目的是找到我和乔丝奶奶，而这只是中途的一个加油站、一个补充能量的机会，但他们却感觉就像在度假一般——尝试新鲜事物，逃离琐碎的日常。

老妈和老爸神清气爽、精神饱满地回到车里，向着斯德哥尔摩再次出发。假如他们肯说实话，他们就会承认，这正是他俩所需要的。

他们以后会感谢我的。

# 25 露冷斯卡的钻石

## 距离斯德哥尔摩408英里

在火车上，我睡得很香甜，虽然梦境中不时会出现奶油蛋糕、失控的热气球和嗞嗞叫着的黄眼珠犀利的白猫。

火车穿越边境线，从德国进入丹麦，向哥本哈根疾驰。这时，我醒了。火车每经过一个站点，我都忍不住发出一声惊叹——从普特加登跨越大海，经过洛兰岛，沃尔丁堡……我从未听过如此奇异的地名。

我伸了伸酸痛的双腿，又看了眼手表。早上5:08至6:08在丹麦。我们已经在火车上度过好几个小时了。奶奶凝视着窗外，泥褐色的土地和乡村，随火车的疾驰，一闪而过。小跟班端端正正地蜷在她腿上。车厢里还是只有我俩和坐在后边的那位有龙文身的姑娘。

“这一路上真是惊险，”奶奶眼含泪水地看着我，略带伤感地说，“我真不想让任何人陪我吃这份苦。早安，亲爱的。”

我冲她悲伤地笑笑。一瞬间，我感到超级内疚。“对不起，奶奶，”我轻声说，“你的一些人生故事，我直到现在才了解。”那么多次探望拜访，我抛下爸妈和奶奶，去和爷爷一起搞发明创造。就因为没人提起，我竟不曾想到去了解奶奶怀上老爸之前的工作。我羞愧得脸红。

我回想起奶奶熟练地将热气球迫降在埃菲尔铁塔顶上，回想起她走进铁笼子，照看用麻醉枪射倒的狮子。说实话，她真的太厉害了。“还有，原来你那么聪明。”我又说。

奶奶捏了捏我的手。“没有你的帮助，我也走不到这一步，”她微笑着说，“这一切是你的功劳，亲爱的，是你。我真为你感到骄傲。”

我深深地叹了口气。“爸妈不在这儿，太遗憾了。”我看着窗外飞速掠过的田园景致，“我肯定他们喜欢这里。虽然我知道他们不喜欢尝试新鲜事物。”

奶奶察觉到我的情绪变化。“玛蒂尔达？”她用她的苏格兰口音轻柔地问道。

“我总觉得爸妈不够理解我，”我感觉眼眶一热，忙解释说，“他们虽然也喜欢看我迷恋科学、发明什么的，但我想他们总觉得我怪怪的吧。”我用手指绕起一缕头发。

奶奶摆弄起她白色针织衫的袖口，过了好一会儿，才回答我的话。“是我的错。”她平静地说。

“什么？”

“你这不是奇怪，亲爱的，”奶奶强调说，“是勇敢。我告诉你，创造历史的人，都是敢于在生命中冒险的勇士。”她抬头仰望天空，似乎在寻找恰当的表达，“你爸爸这么——好吧，成了今天这个样子，都是我的错。”

奶奶看出我的困惑。“我离开天文台后，”她继续说，“在不同的科研机构待过，尝试重新开始。虽然遭受过不公，我还是想努力做好工作。”她在座位上不安地扭动着身子，“你爸爸在你这么大的时候，我们换过八个住所。他很难适应环境、结交朋友，因为他永远不知道我们会在一个地方待多久。说实话，我想这就是他现在喜欢循规蹈矩的原因。他喜欢组织、安排，因为我的原因。”

我目瞪口呆地看着奶奶，爸爸之前从未提起过他的童年。在我慢慢理解了她的话之后，我胸中的怒火也渐渐熄灭了。或许，这就是爸爸不爱冒险、不爱做任何出格之事的原因——因为他小时候经历过太多的变故。

我看着窗外，回想刚刚过去的二十四小时里我们所经历的种种。事实上，这是我和奶奶唯一的一次共同冒险，因为之前我只想和爷爷在一起。而且，虽然我嘴上不说，但我心里明白，奶奶已经八十岁了，这很有可能是她此生最后一次大冒险了。

这时，奶奶用鼻子深吸了一口气。她擦干眼泪，然后歪着头，嗅了嗅自己的胳肢窝。“嗯，”她喃喃道，“没有我想象中的清新嘛。”

我也嗅了嗅自己。她说得没错，一路奔跑、飞行、流汗，又抱着偎着的小跟班，终于有了“恶果”——我的衣服上一股泥土、汗水、流浪动物的混合气味。

我还没来得及做些什么，火车突然嘎吱一声停了下来，小跟班立马睁开了眼睛，在车厢里跑前跑后。我紧紧拽住它的牵引绳，让它消停下来。

走道上传来重重的脚步声，接着是一连串的叫喊声。我不知道发生了什么，因为那人讲的是丹麦语，而我知道的丹麦语比法语还少。

车厢门打开了，两名检票员冲了进来。其中一名又矮又胖；另一名瘦高、苍白，留着金色的短发。他俩都穿着带金色纽扣的灰色制服。“FAHRKARTEN!”他冲我们大叫，“FAHRKARTEN!”

“呃，汉斯吗？”我想起小丑告诉我们的名字，问道，“你们二位谁是汉斯？弗雷德里克让我们找您。”

男人不理我，直接走向奶奶。“PASS!”他们命令道。

龙文身的女孩站了起来。“他想要看你们的车票和护照。”她用蹩脚的英语从车厢后边喊道。

“我们两样都没有，”我回答道，不禁慌了起来，“汉堡的马戏团里有一个叫弗雷德里克的小丑。他把我们送上了这趟车，告诉我们找汉斯。你可以帮我们把这个情况转告他们吗？”

龙文身的女孩不禁露出惊讶的表情，但她还是帮我们转告了两位检票员。他们上下打量了我和奶奶一番。接着，他们又发现了小跟班。

矮胖的检票员立马红了脸。“动物不能带上车，”龙文身的女孩翻译他的话，“如果你们拿不出车票和护照来，就得被赶下车。对不起。”女孩抱歉地冲我们笑了笑，“顺便提醒，那句‘对不起’是我说的，不是他。”

奶奶和我面面相觑。是弗雷德里克撒谎了吗？他让我们找的那位汉斯人在哪儿呢？难道说我们真的让一个小丑给耍了吗？

两名检票员把我们带到车门边，于是，别无选择了，我只好抓起手提箱，一手牵着小跟班，一手挎着背包，从火车上爬下来，再转过身帮助奶奶下车。

我们完全不知身在何处。四周只有一条铁轨和泥褐色的田野。“你们真是太好了。”我冲着渐渐关上的车门后面站着的检票员叫道。他们甚至都没去试着找找汉斯在哪儿。

我倒吸一口气。火车重新开动，沿着轨道飞驰而去。这时，我突然明白过来，根本没有汉斯这个人，整个都是弗雷德里克瞎编的，为的只是把我们弄出马戏团，弄上开往丹麦的火车。不过，为什么呢？

我的问题就在这一刻得到了解答。因为，毫无先兆地，手提箱动了起来。

“怎么——？”奶奶惊叫着倒退了几步。

手提箱的拉链吱的一声慢慢打开了。小跟班惊恐地对着手提箱狂吠。

从箱子里伸出一条腿，另一条腿……接着，两条胳膊，一段身子，和一个脑袋。我们看见柔术师还穿着演出时的那身缀满珠宝的紧身衣，从箱子里冒出来，弄得假睫毛和指甲油瓶子散落一地，奶奶和我不禁惊呼起来。“哎哟喂，”她一边伸展四肢，一边喃喃道，“哎哟。”

我不禁鼓起掌来，一时忘了自己在干什么。柔术师向我鞠躬回礼，闪亮的紧身衣在晨光中发出耀眼的光芒。

“这是怎么回事？”奶奶来回看着柔术师和手提箱，问，“弗雷德里克说箱子里是带给他家人的礼物。”

柔术师在我们面前又转了一圈。她的戏服太耀眼了，我用手遮住眼睛。我从未见过如此多的珠宝。我凑近细看她那身粉色的紧身衣，每一寸都缀满了宝石。“等一下，”我突然明白过来，“你衣服上的宝石比昨晚多了。”我吃惊地捂住嘴巴，“露冷斯卡丢失的钻石！”

站在我身边的奶奶也惊得倒吸了一口气。“你是个珠宝盗贼！”她大叫道。

柔术师抱起双臂，表示抗议。（她双臂抱得很高，手搭在脑后，因为她同时想在我们面前炫耀。）“你们看啊，”

她用浓重的德国腔说，“团长欠了我们一大笔钱，但他一直不还。我知道他一直在谋划——这个意思你们怎么表达——背叛露冷斯卡，利用他的一个朋友弗朗索瓦·贝特朗博士。于是，团长从露冷斯卡那里偷来钻石后，弗雷德里克和我又立马把钻石从他那里偷了过来。我们计划将钻石藏在一个没人会查的地方，偷运出德国。”

“手提箱。”我小声说。

“我的紧身衣。”柔术师纠正道。

奶奶想了一会儿。“所以说，中毒的狮子只是障眼法，”她问道，“下毒的人也并不是露冷斯卡？”

柔术师点点头。“我们只给参孙下了一点点毒，剂量足以造成现场混乱。”她说，“我们并不想把它杀死，我们不是冷血的怪兽。”

“只是盗窃珠宝的小偷。”我直言道。

柔术师耸耸肩。“随你怎么说。”

“可我们怎么办？”奶奶问，“我们怎么去瑞典？”

柔术师的脸上掠过一丝难过。过去几小时，她一直蜷缩在手提箱里，听见了我们的计划。“我很抱歉，”她语气真诚地说，“这件事，没有你们，我也办不成。我们需要一个人把箱子带上火车，且不会引起怀疑。但恐怕我真的没法帮你们。”柔术师说完这番话，就弯曲身子，扮成螃蟹，沿着小路走远了。这次，她是真的在炫技。

“那这一堆东西，咋办？”我看着从手提箱散落了一地的东西，大喊着问她。

“你们留着吧！”她扭过头来，喊道，“只是做做样子，以防有人查看。”就这样，她走了。

我茫然无措，一屁股坐到地上，也不管地上有没有泥巴了。

“来吧，亲爱的，”奶奶安慰我说，“振作起来。你一直说什么来着？托马斯·爱迪生也失败过一千次？”

我长叹一声。“奶奶，我们现在成了罪犯，”我生气地说，“我们浑然不知地就走私了一批失窃的钻石。我们人在丹麦，既没车票，也没护照。还剩五小时，诺贝尔奖颁奖典礼就要开始了，可我们还远在四百英里之外。总不可能走过去吧。周围连出租车的影儿也不见一个。我们大老远地从阿尔诺亚姆赶来，现在就差一个国家了，不是四个。但我们还是赶不上。”

突然，一个想法出现在我的脑海中。“哦，不，”我心里一阵恐慌，“哦，千万不要啊。”我迅速褪下背包，打开拉链。之前在马戏团，算命女人撞上我的时候，我听到过一声脆响。那一声轻微的脆响，听上去很像玻璃摔碎的声音。我只想到是她的水晶球碎了，但假如是——

“小心点！”奶奶大声说，她也意识到发生了什么，“你会割伤自己的。来，让我来。”

奶奶小心翼翼地在背包里摸索，过了一会儿，取出三大块碎玻璃。玻璃底片，碎了。

"证据啊。"我们走了这么远，我们已经跨越了那么多个障碍，可是现在，好不容易走到了这一步，奶奶给她的行星拍摄的长方形玻璃底片却撞成了碎片。"我居然没有想到带胶水，"我喃喃道，"我们再也没有办法把它拼回原状了。"这整个儿就是在浪费时间。"我搞砸了，奶奶，我让你失望了。"

我紧紧抱住膝盖，号啕大哭。过去二十四小时内所经受的担忧和压力，统统化作眼泪，随着一声声抽泣，从我的体内涌了出来。

奶奶蹙了一下眉，和我并排坐下，坐在硬邦邦的地面上。"嘘，"她一边抚摸我的头发，一边安抚道，"胡说八道。我经历了一场美妙的冒险，况且我们还没停下脚步。想想托马斯·爱迪生！想想玛丽·居里！他们会放弃吗？"

一声抽泣哽在喉咙里，我眼含泪水。我想这时我可以来一张老妈的薰衣草香型手帕纸。"假使——只是假使，"我强调道，"我们真的到了瑞典，我们要怎么说，才能让诺贝尔奖评委们听我们的呢？我连托马斯·托马斯和那个蠢到家的科学竞赛大奖的事，都无法说服扬克尔先生、多尔夫曼先生、瓦尼先生、我的班主任基根先生、老妈、老爸和任何人。我把我们唯一的证据给弄毁了。这就算完了，奶奶。爷爷的话是错的。因为你知道吗？这是不对的，奶奶。这完全是不对的。”

此刻的我，精疲力竭，垂头丧气，只感觉自己是个彻头彻尾的废物。我把头深埋进两膝间，再次止不住地抽泣起来。

# 26

# 这家酒店没有牙膏

塔奎因·斯莫克教授之前从没去过瑞典。离开机场，面对冷峻的北欧气候，他还是大吃了一惊。他身边紧紧跟着一个六十多岁的秃头男人，这男人弯腰驼背，似乎肩上扛着全世界的重担。（这当然不是真的，但他扛着三个手提箱、两袋衣服、一个化妆箱和斯莫克教授坚持要带的帽盒，倒是真的。）“快点跟上啊，特雷弗，”斯莫克教授一边步履匆匆地向出租车停靠点走去，一边粗声粗气地叫着，“我们可没时间磨洋工。”

特雷弗·富特过去五十五年都在为斯莫克教授打工，但他永远无法适应自己老板的暴脾气和无理要求。他长叹一口气，只好一路小跑，穿过一群群游客，跟上斯莫克教授的步伐，向出租车停靠点赶去。他太紧张了，一不留神，踩到了一个男人的脚。他拖着大包小包的行李，一不小心，又撞上了一个女人的行李箱，把锁都给撞开了，她的内衣内裤就这么暴露在了光天化日之下。

特雷弗·富特终于把所有行李一股脑儿塞进出租车后备厢，之后坐进车后座——斯莫克教授身边的座位，然后掏出一份观光指南。为斯莫克教授打了半辈子工，倒是有一点好处——他见过不少世面，因为斯莫克教授在世界各地走动，发表演讲、会议致辞，参加各种活动。特雷弗·富特过去五十年坚持写日记，把他们每一次旅行的每一个细节都详细地记录下来。他经常重读日记，怀念在泰国的那一天，斯莫克教授在午餐会后向大学师生致辞，而他在大海里和乌龟一起游泳。还有那一次，斯莫克教授上了一期中东电视台的访谈节目后，他们受邀与文莱苏丹共进晚餐。

这也是特雷弗第一次来瑞典，他正期待着好好探索观光一番。“我想咱们晚饭后可以沿着皇后岛夏宫兜一圈，”他一边翻着指南，一边说，“这是一座十七世纪的城堡。然后我们可以继续走到斯德哥尔摩老城。”

他没注意到斯莫克教授脸上不耐烦的表情。“我不介意，”特雷弗羞怯地加了一句，“再参观一下ABBA博物馆。我得承认，我是ABBA乐队的粉丝。”

斯莫克教授嘲笑道：“我看还是算了。”

“哦，好吧，我可以独自一人进去转转，”特雷弗连忙说，“我完全可以理解，如果您不想——”

“不是这样的，”斯莫克教授回答说，他摆摆手，似乎想打消特雷弗的顾虑，“有时间的话，你可以去，但我需要你为明天做好准备工作。”

特雷弗蹙眉道：“可是，先生，一切都已经准备好了。”

斯莫克教授叹口气，看着窗外斯德哥尔摩熙熙攘攘的街景。“特雷弗啊，这一刻，我等了五十多年了，”他叹息道，“我要以最好的状态迎接这一刻。”

“你会的，先生，你会的。”

“我的衬衫要熨两遍，”斯莫克教授继续说，“还要用挂烫机烫一下。我的领带要熨三遍，把那些讨厌的小褶皱全部熨平整。还要保证我的皮鞋擦得锃亮。用黑鸦牌鞋油。别用上次那种便宜玩意儿。”

“好的，但——”特雷弗结结巴巴地说。

“我房间里要摆上香草味熏香蜡烛，”斯莫克教授继续道，“它们能帮助我放松。再来一个全身按摩，脸上敷一个泥面膜，再用磨脚石磨磨脚皮，脚指甲也该修剪一下，耳毛和鼻孔毛也要拔掉。这些事情，只有你来做，我才放心。”

特雷弗的脸沉了下来。他明白了，他不仅无法按照原先的设想参观斯德哥尔摩，还得花一晚上的时间与斯莫克教授的脚指甲打交道。

出租车停了下来，他心情沉重地收起旅游指南，扶斯莫克教授下了车。

主办方给他们预订了离斯德哥尔摩市政厅最近的酒店。这家酒店的生意从来没有这么火爆过，因为所有获奖者和所有即将参加颁奖典礼的人都从世界各地赶来了，办理入住。

于是，特雷弗·富特在熨衣服的时候，斯莫克教授已经在享受晚宴，和一些重要人士亲密交谈，与人合影，在斯德哥尔摩市中心一边漫步，一边惊叹沿河两岸五彩缤纷的木质建筑。他甚至还逛了ABBA博物馆，玩得非常开心。

做完全身按摩之后，他享受了数年来最酣畅的一夜睡眠。

早上，斯莫克教授坐在床上，特雷弗给他磨指甲、梳头发时，他在一遍遍地演练获奖致辞。他肯定会感谢自己的父母，并对他们已经离世而无法见证他一生中最辉煌的时刻表示痛心；他还会感谢格林尼治天文台的同事们，这会使他显得谦卑；同时，也让全世界知道，他比他们优秀多了。

想到此处，斯莫克教授的脸上掠过一抹阴影。很明显，他不能感谢所有的同事，绝对不能提乔丝琳·摩尔的名字。想起五十年前那桩见不得人的事，他打了一个冷战。不，那件事还是少提为妙。

这些年来，这件事一直如鬼魂般纠缠着他。困扰他的倒不是他的所作所为，因为在科学和人类文明发展的进程中，必然有人得做出牺牲。诺贝尔奖的创始人，阿尔弗雷德·诺贝尔，也做出过巨大的个人牺牲。不，困扰斯莫克教授的是，真相，是否会在某一天大白于世。

斯莫克教授把这个想法压了下去。他这些年一直在关注乔丝琳·摩尔，从一家科研机构到另一家，她的一举一动都在他的密切监视下。但一切从十五年前中断了——之后，他再也没听说过她的动向。她或许已经在某个地方过上了平静安定的生活，甚至可能已不在人世了。

特雷弗在给他修眉时，斯莫克教授笑了。乔丝琳·摩尔，输了。而他，塔奎因·内维尔·伊格内修斯·斯莫克，赢了。诺贝尔奖是他的！没有任何事、任何人可以阻止他得到诺贝尔奖。

# 27
# 善有善报

有些点子，恰好在你最需要的时候，闪现于脑海，是不是很神奇？或许，是奶奶的话给了我启发。或许，是我的紫色元素周期表T恤上印着的化学元素提醒了我。

大哭一场后，我脸上的皮肤紧绷绷的。肚子又咕咕叫了，因为距上次露冷斯卡招待我们吃大餐，又过去了好几小时。我感到身心俱疲，不堪一击。

“想想托马斯·爱迪生，”奶奶努力安慰我，“和玛丽·居里。”于是，一段话，不知从何处冒了出来，并萦绕于脑际：

“人生对任何人来说都不易，但这又有何妨？我们自己必须坚韧、自信。首要原则：永远不要让自己被任何的人和事打垮。”

这段话是我从一本关于居里夫人的书中读到的。她发现了不止一种而是两种化学元素——钋和镭——在一个几乎没有女科学家的时代；而且她还是第一位赢得诺贝尔奖的女性，也是第一个两次荣获诺贝尔奖的人。

假如轻易就被人和事击败，肯定无法赢得两次诺贝尔奖。

我一跃而起。“奶奶，你说得对，”我把手伸给她，说，“新计划开始。我们沿铁轨往前走，走到下一个火车站。我们等下一趟车来，再想办法混上去。我们无论如何都要赶到瑞典。”

奶奶仰起头来看着我，她的蓝眼睛高兴得闪闪发亮。“这才是我孙女儿。”她微笑道，一把抓住我的手，站了起来。

“但是首先，我们得把这个问题给解决了！”我小心翼翼地把破碎的玻璃底片从背包里取出来。你知道的，又有一个点子蹦入了我的脑袋。我们要把底片拼回原样。好吧，我们没有适合玻璃用的胶水。但是我们有什么？科学！还有假指甲片！

我发现一瓶美甲用胶水散落在柔术师的手提箱旁，于是将它一把抓了起来。假如它有足够的黏性，将指甲片粘在人的手指上，或许它也有足够的黏性，来满足我们的需求。“氰基丙烯酸酯，”我慢慢读出瓶底的字，“这是什么玩意儿？”

奶奶冲我高兴地眨眨眼。“这就是解决办法，你个小机灵鬼。”她回答道，“这下问题解决了。这就是强力黏合剂的主要成分。”

耶！弗雷德里克和柔术师到底还是帮了我们一个忙！我把美甲片胶水从瓶子里挤出来，挤到碎玻璃的断面上，然后紧紧扶住它们，等胶水变干。我非常小心谨慎地操作着——万一划破了手，我们可没时间去医院包扎伤口。奶奶也过来帮忙，一点点拼起玻璃碎片，就像在玩她的拼图游戏。不过，这次的游戏，可比在坎特伯雷养老院里我们一起玩过的游戏，意义重大得多。

“好啦！”几分钟后，我大叫道。拼起来的玻璃底片虽然不够牢固，但好歹是完整的一片了，应该可以给诺贝尔奖评委们用了。

奶奶兴奋地拍着手说：“干得好，玛蒂尔达！”

我小心地用外套包起玻璃底片，放回背包。我站起来，把小跟班的牵引绳绕在手臂上，然后和奶奶沿火车轨道往前走。我感到满血复活，信心满满。前方还是有一线希望的！

我们朝着胖子检票员把我们粗暴地赶下车前火车行驶的方向走去。太阳虽然已高悬空中，但这仍是一个寒冷的十二月早晨。“玛蒂尔达，你知道吗，”奶奶说，走路时，她一只手挽着我的手臂，“你真令我刮目相看啊。”

我惊讶地竖起眉毛。

“我说的是真的，”奶奶笑着说，“即使眼看要一败涂地了，你还能够拍拍身上的灰尘，重新来过。你从不放弃，真了不起。”她赞赏地捏捏我胳膊。她不用说，我也知道，坚持下去，有多么重要。“你很像你爷爷，”她又说，“不只是热爱发明这一点，还有，你们都有——坚定的信仰。”她抬头看着天，我想我看到了她眼中的泪光，“这么多年来，你爷爷保管着我的文档，还有那块玻璃底片。即便连我自己都失去了信心，你爷爷还相信着我。正如你一样。我不知道该怎么感谢你们两个。”她凑过来，亲了一下我的脸颊。

我还没来得及说点什么，小跟班飞也似的冲过田野，牵引绳也从我手中飞了出去。“呀！”我大声喊道，“小跟班！你给我回来！”

小狗疯了似的飞奔过杂草丛生的草地，离开了铁路轨道。它一路冲向远方，小短腿飞快地摆动着。好吧，这速度倒是我们现在最需要的。

“小跟班！”奶奶也喊道，“它走错方向了。”

我不知道是否该去追它。万一这时火车来了怎么办？

突然，小跟班停止了奔跑，一动不动地站住了，耳朵竖起来，很警惕的样子。接着，它狂吠起来，一会儿看向远方，一会儿看向我们，似乎在唤我们过去。

这一切都太熟悉了，就像上次小跟班唤我们去斯维特兰卡和克里斯的船上一样。或许它是在故技重演。我皱了皱眉，这荒郊野外的怎么可能有船呢？

不过，我们最终能够到达加来，还真多亏了小跟班。

“这边。”我拉起奶奶的手，快步向小跟班走去。这小狗还在向空中狂吠不止。

我们快赶到时，神奇的事情发生了。远方传来一阵低低的轰鸣声。嗡嗡嗡！

“什么声音？”我环顾四周问道。四周空无一物，只有褐色的土地。

奶奶侧耳凝听。“不知道。”过了一会儿，她说。

嗡嗡嗡嗡！！！声音越来越近，地面也随之震颤了起来。我们来到小跟班身边，它停止了吠叫，两只前爪扑向我的双腿，很高兴又见到了我。

“这是怎么回事，好狗狗？”我一边问，一边俯下身，抚摸它的耳朵。

嗡嗡嗡！这声音又来了，听起来就像滚滚雷声，又像一百万台洗衣机同时震动得快要飞起来了。

一辆摩托车。几辆摩托车。

接着，如火山爆发似的涌现出了一堆大胡子、金属、皮裤……一支“地狱之鹰”车队正驾驶着闪亮的黑色摩托车，浩浩荡荡地向我们驶来。“小心！”我大叫着，将奶奶一把拉到一旁。我用双手捂住耳朵。这声音简直震耳欲聋。

“喂喂！”从车队里传出一个声音。我手搭凉棚，遮住清晨晃眼的太阳光，向那群车手望去。他们大多是那种留着大胡子、看上去脾气不太好的男人，是那种大晚上走在路上我最不愿碰上的人。就算此时此刻，在大白天，我也不愿遇到这种人。

“你们还好吗，我亲爱的人儿？”这人用浓浓的布里斯托尔口音大声问道，“是要去斯德哥尔摩，对吧？”

就在这时，我看到了他。“米奇?!”我惊呼道。那个参加英吉利海峡游泳比赛的米奇！他正坐在一辆摩托车后边，双臂环抱着一个大胡子肌肉男车手。“你在这里做什么？”我叫道。上次我们一起喝茶吃饼干，似乎已经是很久之前的事情了。与他重逢，我感到十分欣慰。

我高兴地上前一把抱住他。“小心。”我抱住他的腰时，米奇抱怨道，不过，他还是情不自禁地笑了。“善有善报，”他和蔼地说，“我最终顺利游到了加来，于是想干脆腾出一天时间玩个痛快。我遇到了这位，达沃斯，”米奇指着他抱住的大胡子肌肉男车手说，“当时我正在城里四处闲逛，他邀请我加入这趟去瑞典的自驾游。我记得你们也是去瑞典，你们的所作所为激励了我。我想：‘有何不可呢？人生只有一次。’我们恰好路过，听见了狗吠。我请求达沃斯绕个道儿，看看狗有没有事。然后，隔着老远我就看到了你奶奶的头发。之后就在这里遇到了你！”他低下头看着我，“来吧，咱们一块儿走。”

我惊讶得合不拢嘴。我们的祈祷应验了！我看了眼手表。时间是早上6:48。“现在是早上7:48，”我记得有一小时时差，于是对米奇说，“你觉得我们十二点前能赶到斯德哥尔摩吗？”

米奇皱了皱眉。“是8:48，”他说，“丹麦还有一小时时差。”

哦，妈呀。只有三小时时间赶路了。

现在必须争分夺秒了！我背起背包，扶奶奶爬进一辆摩托车的挎斗，然后一把抱起小跟班把它放进另一个挎斗，一边给它戴上安全帽，一边在它脑门上留下一个吻。“谢谢你，小跟班。”我轻声说，因为是它帮我们引来了米奇的注意。

最后，我也爬进一辆车的挎斗。开车的是一名光头女郎，穿着印有骷髅图案的皮马甲。“你好，”她的声音出乎意料的温柔，“我是格特鲁德。”

我系紧安全帽。“玛蒂尔达。”我一边回答，一边努力挤出微笑。说实话，一大帮摩托车手，一路左护右拥着送我们去瑞典，这阵仗让我有点腿软。

格特鲁德点点头。“我知道的，”她说，“米奇一路上把你们的事迹都讲给我们听了。”

我实在难以置信。就在这千钧一发的时刻，就在我以为我们彻底输了的时候，米奇来解救了我们。要不是之前奶奶和我帮助过他，他也不会在此时帮助我们；要不是因为我们，他也不会想到来瑞典，然后认出奶奶和她的爆米花头。事情的前前后后就是这么好玩儿。

或许，仅仅是或许，到最后一切真的会好起来。

## 28

# 到瑞典去！ I

米奇和他的地狱之鹰们飞驰在乡间小道上，以躲避边境巡逻警。我们风驰电掣般穿越了一个又一个有着神奇地名的村庄——克厄……马尔默……隆德……直到来到了一个叫舍夫德的村庄小路上。这一路，米奇用他的音响播放了一首又一首ABBA乐队最热门的单曲。“在罗马的时候……”米奇开心地对着我大声唱道，我也高兴地和他一块儿唱了起来——我爱死了《妈妈咪呀》这首歌。

现在到玛丽斯塔德了，马上就到库姆拉了。我看了一眼坐在我旁边挎斗里的小跟班。虽然它的耳朵别在安全帽后，舌头吐得长长的，但它的尾巴拍板似的起劲摇摆着。看得出来，它开心极了。

我们穿过卡特琳娜霍尔姆的一个小渔村，一路大笑着。一群饱经风霜的渔夫看着我们这一队摩托车手和坐在挎斗里的老太太、小女孩和狗，惊讶得合不拢嘴。

我们经过了数个宜家大卖场，我在心里记下要告诉老爸阿涅伯衣柜正在大甩卖。或许，这能够为我重新赢得他的好感。

米奇播放了ABBA乐队最有名的一首单曲《滑铁卢》，全体车手都跟着唱了起来。我改了一下歌词，使得它更加应景：

天啊，天啊，正是在诺贝尔奖典礼上，斯莫克教授战败投降！

哦耶，奶奶光荣无比地修正她的命运。

在书架上的史书，终于得到了更正！！！

我不得不承认，我们这一路上很开心。我看了下手表。早上9:55。根据米奇的算法，其实应该是11:55。距离颁奖典礼开始只有五分钟了。再有几英里就到了。我们可以做到的！

# 29

# 回首过去 I

我、奶奶、小跟班、米奇、达沃斯、格特鲁德和其他的地狱之鹰所不知的是，在我们风驰电掣地行驶在一个名叫弗伦的村庄街道上时，就在我们身后，一辆看上去像一条大狗的小丑车里，坐着老妈和老爸。

在乌得勒支的餐厅小憩之后，一件有趣的事情发生了。爸妈过去几小时，一直在谈论他们内心的感受——从对我的不听话、离家出走和挑唆奶奶的愤怒，到对我俩的一种近乎崇拜的感情。他们的女儿竟然驾驶着热气球飞越了法国！我不但胸中有谋略，还能够坚持不懈！至少，他们不得不佩服我的勇气。

那顿浪漫的晚餐之后，爸爸妈妈一起回忆了他们初次邂逅的情形。那时，他俩在同一所大学读书，同时去参加了一场他俩都不太愿意参加的派对。他们聊起各自最爱的音乐，于是决定闯进学校的音乐教室，一起录一首歌。爸爸打着鼓，妈妈一边敲手鼓一边唱歌，还赤着脚在录音室的格子间里翩翩起舞。他俩一起度过了一段开心的时光。

直到学校的保安举报了他们，害得他俩差点都被退学。妈妈的父母十分生气。他们警告爸爸离妈妈远点，因为他显然带坏了他们的女儿。但是爸爸已经爱上了妈妈，不想离开她。于是，他改变了自己。他脚踏实地，认真学习，努力工作，证明自己。

从此以后，他一直如此。尤其在我出生以后，爸爸一直想让我有一个正常、安稳的童年；不要像他当年那样，不停地经历搬家、换环境。正因如此，他才那么循规蹈矩；正因如此，他才那么倾心于过正常人的生活。

然而，此时此刻，一首熟悉的歌曲旋律回旋于耳际，正是那晚他和妈妈在录音室一起录制的歌曲，他仿佛回到了二十年前。

老妈和老爸不约而同地唱了起来。“滑铁卢!！”他们相视而笑，低声吟唱，“我承诺爱你至永恒……”

老爸摇下车窗，伸出双臂，拥抱十二月清冷的空气。他们飞驰在瑞典窄窄的乡间小道上，车的狗耳朵上下摇摆着，车牌上的粉色舌头也来回晃动着。老爸不知道该怎么把它们关掉，但说实话，偶尔犯犯傻、冲动一下也无大碍，难道不是吗？老妈和老爸把头伸出窗外，像狗一样对着风大吼大叫。

说实话，这是他们多年来最快乐的时光。

# 30
# 回首过去 II

我、奶奶、小跟班、米奇、达沃斯、格特鲁德、其他的地狱之鹰和老爸老妈所不知的是——我们风驰电掣地行驶在弗伦的乡村街道上时，就在身后一辆银色轿车里，一个穿西服的恶棍操着方向盘，他身后坐着一个科索沃的黑帮大佬。

马戏团团长最终还是承认了，他在贝特朗博士的协助下偷了露冷斯卡的钻石。但问题是，他也不清楚钻石现在的下落。于是，露冷斯卡“鼓励”每个马戏团成员站出来说话，直到有人说漏了嘴，说钻石藏在我和奶奶随身带走的一个手提箱里。那个人是哑剧演员，不出所料。

ABBA乐队歌曲熟悉的旋律在空中响起的时候，露冷斯卡热泪盈眶。这正是小时候她母亲经常唱给她们姐妹俩听的那首歌。露冷斯卡感伤地拿出纸巾抹起眼泪。她不知妹妹身在何处，只知她嫁给了一个名叫克里斯·P.达克的男人（这名字真够滑稽的，她心想），住在英格兰。

露冷斯卡一边跟着哼唱ABBA的歌，一边在心中发誓，等解决了这桩“因为一袋钻石被两次背叛出卖”的烂事，她一定要一劳永逸地找到妹妹。

# 31

# 回首过去——唉，说真的，什么时候是个头儿啊？

我、奶奶、小跟班、米奇等等诸位（你知道都有谁）所不知的是——各自风驰电掣地行驶在乡村小路上时，一切同上，克里斯·P.达克和他漂亮的金发妻子斯维特兰卡就在他们身后。他们和米奇一样，因为奶奶和我而备受鼓舞，想亲眼见证大结局。他们在加来港把我们送上岸之后，没有返回英国，而是在法国度过了美好的一晚，然后开车赶往瑞典。

克里斯发觉斯维特兰卡有点伤感，因为她也听到了我们外放的ABBA歌曲。克里斯知道这首歌她曾经经常和她的家人一起唱，于是，他为她轻轻哼唱起来。她感激地对他微微一笑。她知道，她嫁给了一个可爱、善良、体贴的男人。

不过，她还是无法控制地讨厌他的名字。

# 32
# 到瑞典去！ Ⅱ

一队摩托车、轿车和一辆滑稽的狗狗造型的小面包车，排成一长溜儿，疾驰在南泰利耶寂静的乡间道路上，驶往瑞典首都斯德哥尔摩。周日上午，在户外的村民们，看着这一长排的车辆迎面呼啸而来时，不得不赶忙跳到一边。对面驶来的一辆拖拉机，一头栽进了田沟里，司机气得朝我们直挥拳。

我看了眼手表。12:17，我们迟到了。我只能抱着最后一线希望，希望还没有轮到斯莫克教授上台领奖。

斯德哥尔摩市政厅是一座历史悠久的建筑，坐落于Hantverkargatan大街之侧，两面临水，俯瞰皇宫。

大厅内，科学家、作家、哲学家等名流，英国、法国、德国、比利时、荷兰和瑞典的首相们，新闻摄影师和记者们，瑞典的国王和王后，端坐于各自的席位上，都穿着最华美的礼服和燕尾服，等待颁奖典礼开始。

诺贝尔奖——文学奖、经济学奖、化学奖、物理奖、和平奖、生理学或医学奖——获奖者们自豪地坐在台上。斯莫克教授一脸得意地坐在正中央，穿着他最好的一身紫色天鹅绒套装，戴着黄色领结，像个傻子似的对周围所有人咧嘴而笑。

我们快到了，还差几分钟。地狱之鹰们在斯德哥尔摩的大街上呼啸而过，照着带“市政厅”字样的路标，向目的地前行。没人会讲瑞典语，所以理论上，我们是走到哪儿算哪儿。

“就在那儿！”奶奶指着旁边一条街上的钟楼大声喊道。车手们急转过街角，驶上一条石子路，市政厅大楼出现在我们眼前。这是一座古老的建筑，墙面红棕色，呈矩形，前门入口处有一排白色石柱。还有一圈低矮铁门，仅到我的膝盖那么高，完全形同虚设。

格特鲁德熄灭引擎，我快速从她的车上跳了下来，脱下头盔。“格特鲁德，谢谢了哈，”我上气不接下气地说，“万分感谢。”我感激地拍拍米奇，帮奶奶和小跟班下车，并再一次将小狗塞进了工装裤前面的口袋里。

我深吸一口气。“准备好了吗？”我情绪亢奋地问。奶奶向我点点头。她的表情有一点点愕然。我们都还不太敢相信我们真的赶到了。没时间再磨蹭了，我俩撒开腿跑向那扇无比气派的双开木门。

就在这时，一个高大魁梧的保安拦在我们身前，挡住了通往入口的路。“仅限受邀贵宾。”男人上下打量着我，粗声粗气地说。我甚至不愿去想此刻我的头发乱成了什么样子。

“什么？”我惊慌失措地看向奶奶。

“假如你没有邀请函，我不能放你进去，”男人用磕磕巴巴的英语说，“只有贵宾才能入内。”我可以从他的脸上看出，他并不认为我和奶奶是贵宾。

我惊恐地张大了嘴巴。我不敢相信，我们好不容易赶到，却因为这个蠢人无法入内。“求求你了，”我眼泪汪汪地说，“我们都走这么远了。”

保安指着盘旋在低空中的一架警方直升机，吼道：“戒备森严，里面大人物很多。”

我惊惶地看向奶奶。我压根儿没想到还有保安这一道障碍。我以为我们可以随随便便溜进去的。这一关怎么过呢？

“我要求你立刻放她进去！”就在这时，我身后传来一声大吼。一个熟悉的戏剧感十足的北方口音。我转过头，看见了——

“布莱恩·科林·拉姆斯博顿。”我吃惊地叫道。他深深地对我鞠了一躬。“愿意为你效劳。现在，先生，你，”他对保安晃动着手指，“马上给我放这位姑娘和她奶奶进去！”

大家都还没来得及说点什么。就在这时，我们听到街角传来一阵警笛声。我转身看见三辆警车正沿着石子路飞快地向我们驶来。

车在市政厅门口刹停，几名穿着制服的警察下车包围了我们。

“不许动！”警长对布莱恩、奶奶和我大声喝道。保安饶有兴味地重新打量起我们来。他虽然不晓得我们是谁，但眼前的场景吊足了他的胃口。

我们仨同时举起双手。“真讨厌，”布莱恩·拉姆斯博顿低声说，“他们一路跟踪我到这里。”

“什么？”我尖声问，“我以为你说过你会搞定他们的。你会为热气球事件负责的？”

“我差不多也是逃跑的，”布莱恩咕哝道，“法国警方一定得知了我——我们——在这里。”

哦，好极了。就好像一名保安还不够我们对付似的，现在我们还得逃脱瑞典警方的追捕。这会儿好用上爆炸袋子戏法了。

就在这时，我们听见了一个漂亮的科索沃女人发出一长声尖叫：“我要求你马上放她们进去！”

我越过布莱恩看见斯维特兰卡正向我们走来，她穿着高跟鞋摇摇晃晃地走在石子路上，克里斯·P.达克步履匆匆地跟在她身后。“她们走过多远的路，你根本无法想象！”

“你们行行好吧，”保安叫道，“我只是在做我该做的工作而已。”

“斯维特兰卡？”我惊叹道，“克里斯？你们在这里做什么？”

克里斯·P.达克冲我微微一笑，他的船长帽十分神气地戴在头上。“想让我们错过结局，没门儿。”他解释说，“你还好吗，米奇？”他发现米奇后，又问道。

米奇还没来得及接话，又有人爆出了一声尖叫。“我的妹妹！”我越过克里斯·P.达克，看见露冷斯卡正从街上快步走来，她的恶棍保镖紧随其后。我倒吸一口气，我还不确定该怎么解释钻石乌龙事件。

但露冷斯卡径直奔向了斯维特兰卡，一把紧紧抱住了她，姐妹俩顿时泪流满面。

“别动！”警长大喊。他疑惑不解地看向同事们。这些人怎么都跑到这里来了？“难道你们没有听见——？”

他话才说一半，就被打断了。因为就在这时，又有两个声音插了进来。两个十分熟悉的声音，说着我从未想过会从他们口中说出的话。

“我强烈要求你放我女儿和母亲进去。”老爸沉着地说。我的父母此刻就站在我面前，冲着大家微笑，“我敢肯定这整个——”他向全副武装的警察们挥挥手，“事情一定是搞错了吧。对吗？”当他发现自己的女儿、母亲和一帮他素不相识的人正被警察团团围住时，他的脸上闪过了一丝惊惶。

我简直无法相信。我凑近了仔细看——他们看上去年轻多了，神清气爽的。除了稍微有一点惊慌。“你们确定吗？”我小声问，“你们不介意吗？”

老妈抽着鼻子说：“我很抱歉一开始没有支持你们。”

“我当时担心的是你奶奶的身体，”老爸插嘴道，“旅途奔波，加上再一次受挫，她会吃不消的。我不忍心看到这样的结局。所以我才那么反对你们来这里。但我相信你们两个。现在我明白了，这是你们必须去经历的。”

保安和警长面面相觑。“看来事情没那么简单啊。”警长皱眉道。

说时迟那时快，只听见小跟班在我工装裤前面的口袋里“汪汪”狂叫了起来。它一路扭动着身子，从我的外套底下钻了出来，跳到了地面上。

警长吃惊地连连后退，小跟班则一蹦一跳地追赶着他，直往他的腿上扑。“下去！”警察一边吼，一边用力地甩动四肢。

“小跟班！”我叫道，“住手！你不能咬他们！”虽然我十分想让你这么干，我在心里想。

“滚开滚开!!”警长大喊。他的几个同事连忙跑过来帮他。小跟班也一并扑向了他们。警长挥手驱赶小跟班，结果一个趔趄，跌倒了……

……正好跌在了人行道边缘那圈形同虚设的低矮铁墙上。

“啊！”他惨叫一声，向后倒下。他倒下时随手抓住了其他的警察，结果带倒了一大片。他们都四脚朝天地倒在了石子路上。

“快进去，趁现在。”我们目瞪口呆地看着倒在地面上的警察时，布莱恩·拉姆斯博顿在我身边低声说。一种似曾相识的感觉涌上我心头。

斯维特兰卡、克里斯·P.达克、露泠斯卡、她的保镖、米奇、格特鲁德、地狱之鹰们、老妈和老爸都对我点点头。他们都明白胜负在此一举了。

奶奶和我转头跑向双开木门。一群人拥在我们身后，如潮水般，推着我们向前，冲向那名保安。他没办法，只好让开，以免被碾压。

“喂！”一名没受伤的警察喊道，“停下！”

但太迟了——奶奶和我已经冲过了市政厅的大门。

大厅内，诺贝尔奖主席正站在台上致辞。他戴着眼镜，穿着明显小了一号的燕尾服，扣子快崩开了，腰带看上去也快“嗖”一下子飞越大厅了。他本该简短地表示“欢迎”，然后把奖颁给六名获奖人。不过，到目前为止，他已经滔滔不绝地讲了二十分钟，讲他如何如何也该去角逐所有奖项。“诺贝尔文学奖吗？我已经写了四十年的日记了。你们真该读一读！”他的声音低沉而洪亮。听众一定感到很讨厌，不过，既然他的演讲进行了这么久，那就说明颁奖仪式还没有开始。

直到现在。

主席清清嗓子，宣布："这都无所谓了。让我们来进行下一项。诺贝尔文学奖由萨蒙——"

就在这一刻，外边传来一阵骚动：

一群人的脚步声回响在走廊上。

一个嗓音粗哑的人大喊"你们不许入内"，为了传达这个意思，竟用了三种语言。

一阵混战声。一声狗吠。几声成年人发出的惨叫。

接着——

大门被撞开了。

我用了片刻适应环境，因为大厅里光线昏暗，而台上灯光如昼。眼睛适应了厅内的光线后，我快步走下台阶，来到礼堂最前面。

观众们看见我身后跟着一位满头白发的老太太，几名地狱之鹰，一对十指相扣的中年夫妇，一个穿华服、戴钻石的红发女郎，一名歪戴着帽子的船长和他金发的伴侣，一条脏兮兮的狗和几个一瘸一拐、搀扶前行的警察，礼堂里所有人都惊讶得目瞪口呆。

我指着台上，声嘶力竭地大喊："骗子！那个男人是个骗子！"

过去三十小时，我一直在为这一刻演习。但，天哪，到了现场，才更有戏剧效果。

观众们听了我的话，都吃惊地倒吸一口气。正在台上领奖的男人，更是惊得下巴都掉了下来。“我……我不是骗子，”他结结巴巴地说，“我所有的书都是自己写的！”

“抱歉，”我满怀歉意地说，“不是你。”我指向坐在台上正中央的斯莫克教授。“是他！”

# 33

# 真相大白

观众们又发出了一阵惊叹。

斯莫克教授的脸顿时紫了，比他的紫色西服还要紫。“你——你什么意思？”他气急败坏地说，“我可是堂堂正正获奖的。”

“你并没有，不是吗？”我叫道。我指着站在我身后的奶奶，“认出这位女士了吗？”

斯莫克教授倒抽了一口气，一丝惊慌从他的脸上闪过。

“乔丝——乔丝琳·摩尔。”我尽量语气平静地说。我已经紧张得两腿发抖，这对我来说并非易事。“五十年前，她和你在格林尼治天文台共事。她当时有所发现，不是吗？”

这时，警长已经从刚刚摔的那一跤中恢复了过来，又开始试着唤起众人的注意。“站住！”他环顾四周，大喊道，“这些人是警方通缉的对象！”

所有人都好奇地注视着我。“这个我可以解释。”我说。我看着坐在台下的人海，在前排发现了一个头戴皇冠、神情严肃的大胡子男人。他肯定就是瑞典国王了。“我会告诉你们有关驾驶热气球降落在埃菲尔铁塔上的一切——”听到这里，听众们发出一片惊叹——“稍后。眼下的事情更重要，拜托了。”

瑞典国王看看我，又看看奶奶和我身后站着的一帮人。他微微地点了点头，和坐在身边的男人耳语了几句。那个男人又和邻座的女人低声交谈了几句，接着女人站起身，对警长说：“退下。”

警长叹了口气，示意他的手下们暂时退下。他对着我无奈地摊摊手。“你继续。”他命令道。

“是我奶奶发现了那颗行星。”我转身直面台上的斯莫克教授，申明道，“不是你。你对全世界撒了谎，谎称它是你发现的，所以你才被授予这个奖项。因为你剽窃了我奶奶的研究成果，把它说成是你的！说实话，这太不公平了。”

斯莫克教授舔舔嘴唇，环视四周。大厅里每一个人的目光都聚集在他身上。这是他最怕的噩梦！他不得不想方设法扳回局面。“你以为你是谁啊？”他质问道，“突然闯进来，打断了这么美妙的典礼，还血口喷人？你真的以为我会剽窃吗？我压根儿就没见过这个女人！”

我呵呵了。“这整个又成了托马斯·托马斯事件，”我气呼呼地说，“只不过比托马斯·托马斯还要糟糕一百万倍。假如他的科学发明真的是最好的，那也无话可说。最好的才该赢。不能仅仅因为他是个男孩子就让他赢。也不能仅仅因为我是女孩子就不让我赢。”

我看得出人们听得一头雾水，但我必须让所有人看到事实真相。我把手伸进背包，小心翼翼地取出之前匆匆忙忙拼接起来的玻璃底片。

“XT28E，”我举起底片，向观众展示，“你们现在称它为斯莫克行星，但第一个发现它的人其实是我奶奶。这是她当年为它拍下的照片。你们看，底片最下边写着‘J M’。”

斯莫克教授的笑容消失了。他以为一句“你在凭空造谣”就能够把我打发了，但我拿出了真凭实据。“哦，”他猝不及防，结结巴巴地说，“哦……呃……让我想想……哦，对了，是那个摩尔教授啊。哦，她早说呀！或许，是的，我是与她共事过。那是很多年前的事了。我和很多人一起共事过。你们得原谅我记性不好。”他用手捋捋头发，装出不经意的样子。

听到斯莫克教授突然改变说辞，观众中有人开始低声议论。“但也仅此而已，”斯莫克教授大声说，急于浇灭怀疑的火苗，“我没抄袭也没剽窃。这种事，我永远不会做的。你奶奶可以在任何时候拍照啊。是的，我相信她拍过照片。在我向所有人展示自己的发现之后。天文台一半的同事手上都有一张这样的照片。我自己也有一张。你们看……特雷弗？特雷弗？我的玻璃底片在哪里？”

斯莫克教授受尽虐待的私人助理，特雷弗·富特，赶忙跑上台。他破旧的绿色西服皱皱巴巴的，因为他只顾忙着应对老板提出的各种要求，根本没时间熨自己的衣服。他从自己破旧的皮革公文包里掏出一个矩形玻璃底片，递给斯莫克教授。

“好啦，小丫头，”斯莫克教授一脸得意地看着我说，“这就是我的玻璃底片，看见了吗？但是如果你那么肯定她比我抢先了一步，如果你那么肯定行星是你奶奶最先发现的，你的证据在哪儿呢？”他知道这难住了我。

奶奶站了出来。这是我们闯进大门之后，她第一次开口说话。她站在斯莫克教授面前，看着他的眼睛。“告诉我，塔奎因……”奶奶对斯莫克教授直呼其名。他吃了一惊。从来没有人这么称呼他。“你是哪一天发现XT28E的？”她指着他手中的底片问道，“我说的是具体日期。印在底片最下边的那个日期。”

斯莫克教授翻了个白眼：“我可不必向你证明自己。”

奶奶抱起双臂，狠狠地盯着他：“行星是我发现的。仅仅是绘制行星轨迹图就花了我好几个月时间，更别提前期的方程式建立了。你此刻能站在这里，完全是因为你将我的研究成果据为了己有。所以，好啊，如果你认为自己知道得比我多，就证明给我看。”

斯莫克教授怒视着奶奶，他不知道该如何应对奶奶这突然的爆发。

他也不必了。诺贝尔奖主席咳了一声。“你就当作为了我们在座的各位，报一下日期呗？”他向台下的观众打了一个手势，提议道，“然后我们就可以继续颁奖了。”

斯莫克教授的额头上冒出了汗珠。他清清嗓子。“好的，”他说，“嗯，啊，说实话，这字太小了——”他结结巴巴道。

大家都一脸疑惑地看着他。为什么斯莫克教授不能把具体日期告诉他们？

诺贝尔奖主席大步跨过讲台，凑到斯莫克教授跟前，看了看他的玻璃底片。“上面写的是——1967年5月29日。”他眯起眼睛看着印在斯莫克教授名字缩写“T N I S”旁边角落里的日期，确认道。

“和我想的一样。”奶奶微笑着说，“玛蒂尔达，亲爱的，你能不能帮我把玻璃底片上的日期读出来？”

我搜索着玻璃片，寻找写有日期的地方，心紧张得怦怦直跳。“找到了！”过了片刻，我大喊道，“上面写着，1967年5月28日。”我恍然大悟，“5月28日！早了一天呀！”

“是的，”奶奶点点头。“因为，据我的回忆，”她再次对着斯莫克教授，继续说，“我发现行星的时候，你不在办公室。当时是深夜了，我得等到你第二天早上回办公室才向你汇报。”

“我……我不这么认为。”斯莫克教授结结巴巴地说。他有点生气了。他清清嗓子：“你这是在混淆视听，仅此而已。”

特雷弗·富特突然想到了什么。“等等，”他说着，手再次伸进了公文包，“我可以查证！”

“什么？”斯莫克教授尖声叫道。他扯了扯自己的黄色领结。他快要发火了。

特雷弗·富特从公文包中取出一个破破烂烂的大本子。它本来是一本普通的日记本，但多年来陆陆续续又添加了很多页，并夹进了不少纪念物，现在它变得比一本A4活页夹还要厚。“让我看看，”特雷弗喃喃自语道，“五月二十八，一九六——啊，找到了！”他翻了几页，“你那天在克利索普斯开了一整天的会。”

“胡说！”斯莫克教授吼道，“肯定不对！再看看。”

特雷弗·富特重读日记时，打了一个激灵。这么多年来，斯莫克教授一直小看了他。在被迫给斯莫克教授剪了这么多年脚指甲之后——他，特雷弗·富特，即将成为扳倒斯莫克的人。

“没有啊，上面都写着呢，”特雷弗憋住笑说，“我记得很清楚。你那天在为某个项目向克利索普斯的董事会成员们拉赞助，之后我们一起去沙滩上吃了炸鱼和薯条。你的脚被一只螃蟹给咬了。我们直到二十九日才回到天文台。”

诺贝尔奖主席好奇地看向斯莫克教授。我高兴得差点跳起了吉格舞。斯莫克教授尽力不让自己崩溃。“嗯，那是——天哪，这里边真热啊。”他结结巴巴地说，干巴巴笑了一声。但是现在，观众们已经看到他脸上惊恐的表情了，“我……呃，有人可以给我倒杯水吗？”

所有人都看向斯莫克教授。厉害的是，他一直在努力保持一副愤怒的表情。“你们——你们怎敢污蔑我？”他怒吼道。

“都白纸黑字写在这儿呢！”我大叫道。

“我就不接受。”斯莫克教授抗议道。他对着诺贝尔奖主席晃了晃指头。“你们怎能这样对待贵宾！我要正式提出抗议！”

诺贝尔奖主席看看我，看看照片，又看看奶奶和斯莫克教授。“证据已经十分确凿了。”他扮着苦脸说。

“当时的项目负责人是我，”斯莫克教授气鼓鼓地说，“我是高级科学家。诺贝尔奖是我的！”

“是的，没错。但最先发现行星的是不是你？”诺贝尔奖主席逼问道，“是不是所有工作都是你亲自做的？”

斯莫克教授顿时脸色煞白。“我……我……”他一时无语，看向台下，数千观众正目不转睛地盯着他。于是，就在这一刻，真相大白了。在聚光灯下，他的肩膀垂了下去。“哦，好吧，不，我没有——”

所有人不约而同地发出一声惊叹。奶奶则长舒一口气，几十年的不安、委屈和愤怒终于得以释放和发泄。

泪水从斯莫克教授的眼中涌出。我不禁为他感到一丝难过。撒谎，作弊，将别人的成果据为己有……他到底是怎样一个人呢？突然之间，斯莫克教授看上去像个八十岁的老人了，眼眶深陷，眼神空洞。

就在那一刻，我决定待他仁慈一些。是的，他曾经否认奶奶对科学的贡献，让她心痛了多年，而他也在过去半个世纪撒下了弥天大谎，但现在真相已经大白于世。我就不在他面前幸灾乐祸，增加他的痛苦了。

我把手放在他的胳膊上，轻声安慰道："我知道发生了什么，我没能赢得学校举办的科学竞赛，是因为人们不相信一个女孩子可以发明出便利手，因为制作便利手，需要锻接和钎焊。你是不是因为知道，没有人会相信奶奶能够发现行星，才撒的谎？"

斯莫克教授若有所思地看着我。"我想，你也可以这样说，"他悲伤地回答道，"我只是想做出点成绩，有所贡献。那个年代，女科学家很少见。人们也不把她们当回事。我知道，假如我说行星是我发现的，没人会质疑我。但假如乔丝琳说行星是她发现的，所有人都会怀疑她。"他耸耸肩，"那时候的世道就是这样的。我知道，虽说如此，我这么做也是不对的。"

这时，一件意料之外的事发生了。"确实如此，无论如何这件事都是不对的！"观众中有人高声说，"这就叫作'玛蒂尔达效应'。"

我看向大厅的暗处。“爸爸？”

他一路小跑着来到台上，站在了我身边。“我母亲被剥夺了本属于她的荣誉，”老爸对我、斯莫克教授和市政厅里的每一位观众说，“仅仅因为她是女人，比起她，人们更相信斯莫克。这种现象，有一个专有名称，”他说着，把手伸入裤子口袋，掏出一张小纸片，“‘玛蒂尔达效应’，”他念道，“是指不承认女性科学家的科研成果，而将之视为她们的男性同事的成就。这种事情，不仅仅发生在我母亲身上，而是时常发生，次数之多，超乎我们的想象。所以说‘那时世道如此’，不是借口。过去不是，现在也不是！”

老爸一只手放在我肩膀上。“因为这种事情，现在仍在发生，”他接着说，“我女儿的发明，在她学校科学竞赛的参赛作品中是最好的。然而，她没有获奖，因为她是女孩子，没人相信她可以凭自己的能力完成这项发明。”他转过身来，热泪盈眶地看着我说：“亲爱的，你妈妈和我已经花时间反思过了。很抱歉，我们没能真正理解你的所作所为，但这并不意味着你不该去做。过去的一天里，你向我们证明了，任何事情你都可以做到！假如一个人有成为发明家的毅力、勇气和想象力，那个人一定是你。永远不要放弃，玛蒂尔达！”

我的喉咙哽住了。这是爸爸对我说过的最暖心的话。妈妈在观众席的最前排冲我微笑。“亲爱的，我们为你感到骄傲。”她说，“你不轻易认输，你会主动走出去，并有所作为。”

我一把抱住老爸。“所以说，你不会‘杀’我了？”

“哦，当然了，”老爸故意一本正经道，“你因离家出走和对我们试图与你取得联系的请求不理不睬而被禁足了。”他捏捏我的肩膀，“但别告诉别人，我们真的挺佩服你的。”

“非常好，非常好。”诺贝尔奖主席插话了。他拍着我和老爸的背说，“只是这个场地我们只租了有限的时间，所以呢……”

斯莫克教授垂头丧气地坐在座位上，听主席向观众大声宣布道：“我想我们应该把奖颁给它真正的主人。女士们先生们，我现将诺贝尔物理学奖授予斯莫克行星的发现者——”他突然犹豫道：“我们还是不要叫斯莫克行星了吧。嗯，反正是那颗星球的发现者，并且绘制了探测器的运行轨迹，使得搜集人类已知的距离地球最遥远的星球的数据成为可能——”

“还有女人[①]！”老爸插嘴道。

“是，是，”主席继续道，“女士们先生们，有请乔丝琳·摩尔教授！”

---

① 英文中表达“人类”这一意思的词语之一是“Man”，而“Man”一词通常表示“男人”。故主人公的老爸会特别指出“还有女人（Woman）”，以示男女平权。——译者注

全体观众起立。奶奶满脸笑容地走上领奖台时，台下掌声雷动。小跟班对着这一阵喧闹，汪汪直叫，激动得不停转圈。

“奶奶，加油！”她走向领奖台时，我大声喊道。

“妈妈，加油！”老爸也挥着拳头大喊。

“电影版权我买定了！”布莱恩·科林·拉姆斯博顿在后排喊道。

看着主席把奖杯颁给奶奶，看着她在热烈的掌声中鞠躬答谢，我心里满是骄傲。这一刻，毫无疑问，是我人生中最美好的时刻。真高兴，我的父母和我共同见证了这一刻。

我和老爸开始向台下走去。这时，奶奶做出了一个了不起的举动。她走向斯莫克教授。他正以手掩面，落寞地坐着。“我原谅你了，塔奎因。”她拍拍他的胳膊，淡淡地说。

就这样，五十年的心结，解开了。

观众们安静下来，接下来还有几个奖项要颁发。我为剩下的几位获奖者感到抱歉——他们肯定无法得到奶奶那般的关注了。

我们走在礼堂的过道上，突然，一位高高瘦瘦的女士站起来，向我们伸出手。“你好。”她说。

老妈和老爸同时发出一声惊叹。“首相大人！”老爸说。

“很荣幸见到您，”她对奶奶说。她低下头，饶有兴趣地看着我。“所以，你就是那个给我发邮件的小女孩？”

老爸惊得下巴都快掉地上了。我开心地握着首相的手说：“就是我。”突然，我脑海里冒出一个点子。虽然我们已经做成了很多事，但这最后一件事，我还是忍不住要去做。我把手伸进背包，拿出便利手。“这是我最棒的发明，”我解释道，“我在邮件里向您提到过。”我向她展示便利手的各项功能时，首相热情地频频点头。

透过眼角的余光，我发现老爸正好奇地看着便利手，仿佛这才是他第一次真正看见它。

“真是一件了不起的发明，”首相赞叹道，“我们办公室里也可以用到。要不你们下午一起来喝个茶吧？顺便向我的团队展示一下便利手。我们很可能会委托你制作更多。没问题吧？”

我点点头。假如她口中的“办公室”是指“唐宁街10号”，那对我来说好极了。还有生产委托？这可以让托马斯·托马斯羡慕死了！照这个速度，我也不必为了攒钱申请国际专利而吃八年烤素饼了！太棒啦！

首相拍拍我的背。“像你这样的女孩，正是我们国家的未来，”她说，“和你说，我们需要更多的‘玛蒂尔达’，来发明创造。”

奶奶靠过来拥抱我。“亲爱的，我们成功完成了任务，”她对我耳语道，“为了正义！”

“为了正义！”我喃喃道。

“呃，等等！”从礼堂后部传来一声大喝。警长正怒气冲冲地看着我。我已经忘了他还在这里。“你们把热气球停在埃菲尔铁塔上，麻烦还没解决呢。”

我张嘴欲解释，但首相对他摆了摆手。“这个问题交给我，”她隔着大厅喊道，“我来和你的老板谈。你可以离开了。”

警长简直无法相信自己的耳朵。瑞典国王对坐在他身边的男人耳语了几句，男人又和邻座的女人低声交谈了几句，然后女人站起身，喊了句，“Du kan gå”。我虽然不知道这句话是什么意思，但过了一会儿，警长深深地叹了口气，拖着沉重的步子，离开了市政厅。

太好了！！！看来我们也不会因为热气球事件而遭遇大麻烦了！谢啦，首相大人！或许有一天，我真的会为你投上一票！

就在那一刻，泪眼婆娑的露冷斯卡冲过来，给了我一个大大的拥抱。“你做到了！”她叫道。

我倒吸一口气。她看上去挺高兴的，可是她丢失的钻石问题还没有解决呢。“呃，我们不是故意把你的钻石偷运出马戏团的，”我说，“是小丑和柔术师干的。”

老妈和老爸看着我，目瞪口呆。

露冷斯卡只是点点头。“我都知道了，”她安慰我说，“你们说话这会儿，我已经派人去追他们了。但我已经决定，”她凑到奶奶和我跟前，坦白道，“要金盆洗手了。我准备开一家烘焙店，卖外婆的柠檬橘子酱茶渣蛋糕。你给了我启发。”她又指指坐在几排之后的斯维特兰卡，“给了我们启发。我们姐妹俩要一起开烘焙店。”

……众人一一离席，走出市政厅，走出我们的生活。我在想我们一家人怎么回家呢。这个问题，之前还没有考虑过。

首相又拍了拍我的肩膀。“我说啊，”她微笑着说，“你们要不别开车了，坐我的专机回去，如何？”

我可不需要被邀请第二次。“当然好啦，”我说，“这将是我们坐过的最好的交通工具了。”

大家听了我的话，都哈哈大笑起来。

“哦，还有最后一件事，”首相说，“行星的名字得改。显然不能再叫斯莫克行星了。乔丝琳行星，怎么样？”

我激动又骄傲。那样该有多棒啊！

“不。”奶奶摇摇头，坚定地说。

“不？”首相疑惑不解地问。

“不？”我也问道。

“不？”老爸也大声问道。

“我想给它另一个名字，”奶奶解释道，“一个更合适的名字。玛蒂尔达行星，怎么样？”她高兴地看着我说。

我的心中顿时充满爱意和感激。我告诉过你们吧，奶奶有多么了不起！

“好呀，”首相热情地点着头说，“那就叫玛蒂尔达行星了。”

哈！看好了，托马斯·托马斯！看好了，扬克尔先生、瓦尼先生、多尔夫曼先生和你们的一千英镑狗粮代金券！

还记得我最开始找不到关于杰出女科学家的名言吗？喏，这儿有一句：

*假如我可以在没有计划——我可以再补充一点吗？也没有护照——的情况下把奶奶带到瑞典，那么只要我想，没有我办不到的事情。*

——这句话是我说的。好吧……虽然我还不是杰出的女科学家，但是没有什么可以阻挡我的脚步。首相都有可能委托我制作更多的便利手，我必将成为有名的发明家！玛蒂尔达·摩尔必将前途无量！

想起过去三十小时经历的种种，我热泪盈眶。谁能够想到，这趟旅程把我们带上了一艘开往加来的小船，让我们误上了一辆绕到Criel-sur-Mer的出租车，和一位身份有假的法国影星一起乘热气球飞往巴黎，还误打误撞坐进了一辆驶往汉堡的银色轿车，并被带去了一家狮子被人投毒的马戏团，之后又和蜷缩在手提箱里的柔术师一起登上了一列驶往丹麦的火车，然后又被一队地狱之鹰骑摩托车护送至瑞典……我们帮一个匪帮头领找到了她失散多年的妹妹，我们鼓励一位电影明星做回了真实的自己，我们现在正乘坐首相的专机回国。奶奶得到了属于她的诺贝尔奖，我也有了一条属于自己的狗。

“这一定就是大结局了，”我看着周围的每一个人，看着他们幸福快乐的表情，轻声对自己说，“因为一切都有了最好的安排。”

而且，天知道，世上再没有比这更好的结局了。

# 玛蒂尔达·摩尔的发明家档案

还记得我说过要列一份我崇拜的改变世界的杰出发明者、科学家、工程师及其他人物的名单吗？好了，不和你们兜圈子了，你们这些幸运的家伙，以下这些便是我最崇拜的偶像。

**蕾切尔·齐默尔曼**（Rachel Zimmerman）

1984年，蕾切尔写了名为“布利斯符号（Blissymbols）”的软件程序，为无法开口说话的人，比如聋哑人，提供了沟通交流的工具。人们用特制的触控板点击屏幕上的符号，再由布利斯符号程序将选定的符号翻译成文字，这样所有人就都能够读懂他们想要表达的意思了。

哦，顺便告诉你们，她创造这一程序时才十二岁，是为学校的一个科学项目发明的。但这个程序实在太棒了，她一举摘得了世界青少年发明家成就展的亚军。那一年的冠军一定是发明了火之类的东西吧，要不然他是靠什么打败了蕾切尔的布利斯符号程序的呢？

**蒂姆·伯纳斯-李**（Tim Berners-Lee）

他不是女性，但他创造了万维网，所以我们就放过他吧。他的全名是：

蒂莫西·约翰·伯纳斯-李爵士，OM KBE FRS FREng FRSA FBCS[①]。

怎么样，接招吧，斯莫克教授！

**萨拉·伊丽莎白·古德**（Sarah E.Goode）

在乘坐首相的私人专机回家途中，我按了一下小小的按钮，为的是向空乘人员示意我想再来一包花生。（我一共这么做了三次，妈妈告诫我不要太贪心。）

但我发现，一位名叫米利亚姆·本杰明（Miriam Benjamin）的女士，发明了这种被广泛应用于飞机上的信号椅装置。她也是第二位获得美国专利的非裔美国女性。

第一位获此殊荣的是萨拉·伊丽莎白·古德，她在1885年发明了折叠式壁柜床。

需求是发明之母！

萨拉想帮助那些蜗居在狭小房屋和公寓里的人们。（老

---

① 英国功绩勋章（Order of Merit，OM），二等大英帝国勋章（Knight Commander of the Order of the British Empire，KBE），皇家学会会员（Fellow of the Royal Society，FRS），皇家工程院院士（Fellow of the Royal Academy of Engineering，FREng），皇家艺术协会会员（Fellow of the Royal Society of Arts，FRSA），英国计算机协会会员（Fellow of the British Computer Society，FBCS）。——编者注

爸会说："对，这就是纽约大多数人的写照。"）于是，她设计了一款床，不睡的时候，可以折叠起来，当桌子用，还能存储东西。我觉得应该叫她"萨拉·伊丽莎白·非常古德[①]"。哈哈哈。

**斯蒂芬妮·克沃勒克**（Stephanie Kwolek）

美国化学家，因发明了一种超级强韧的纤维——聚对苯二甲酰对苯二胺而闻名于世。这种纤维又名"凯夫拉纤维"，广泛应用于防弹衣和汽车轮胎。她是世界上第四位入选美国发明家名人堂的女性。（有朝一日，我也会成为名人堂一员。）

**约瑟琳·贝尔·伯奈尔**（Jocelyn Bell Burnell）

一位天体物理学家，于1967年首次发现了射电脉冲星（一种不断地发出电磁脉冲信号的中子星）。但当时却是她的上司为此而获得了诺贝尔物理学奖，虽然发现脉冲星的并不是他本人。是不是听起来很耳熟啊？

**罗莎琳德·富兰克林**（Rosalind Franklin）

罗莎琳德十五岁时，便立志成为一名科学家，尽管父母并不支持她。她学会了用X射线为DNA拍照的技术。DNA是

---

① 英文中"Goode"（古德）和"good"（棒）的发音相近，夸赞他人时会使用"very good"（非常棒）。——编者注

人体细胞内含有许多有遗传功能的片段，其中不同的片段含有不同的遗传信息，分别控制不同的性状。她的X射线晶体衍射技术使得詹姆斯·沃森和弗朗西斯·克里克发现DNA双股螺旋结构成为可能。猜猜谁最后荣获了诺贝尔生物学奖？（提示：反正不是罗莎琳德·富兰克林。）

一个反复出现的模式浮现了，注意到了吗？

**屠呦呦**（Tu Youyou）

伙计们，科学可以拯救生命！

在20世纪70年代，呦呦博士发现了一种叫青蒿素的药物，可以用来治疗疟疾——讨厌的蚊子传播的一种热带疾病。青蒿素的发现，被视为二十世纪热带医学领域的重大突破之一，拯救了全球数百万人的生命。屠呦呦成为赢得诺贝尔生理学或医学奖的首位华人。

或许，获得这个奖，对她来说，只是锦上添花。毕竟，你懂的，有什么能和拯救数以百万计的生命相比！

**迪皮卡·库鲁普**（Deepika Kurup）

另一位拯救了苍生的女性是迪皮卡。

她发明了一种太阳能驱动的净水系统，为世界各地的人民提供了新鲜、干净的水，尤其对生活在没有干净水源的地区的人们来说，这真是一件功德无量的好事。

而且，干净的水可以帮助遏制疾病的传播。所以，我敢打赌，屠呦呦对此肯定相当满意。

迪皮卡是1998年生的，只比我大一点点，但她已经获奖无数，包括2014年斯德哥尔摩青少年水奖。不过，我敢说，她肯定不必千里迢迢地乘坐热气球去领奖。

**海伦·沙曼**（Helen Sharman）

人们总是对英国首位拜访欧洲空间站的宇航员蒂姆·皮克赞不绝口，但在1991年，海伦·沙曼成为第一位进入太空的英国人，也是第一位拜访和平号空间站的女性。她还曾经在玛氏公司任化学家。也就是说，她不仅上过太空，还有人付钱让她品尝各种巧克力。真是了不起的女人！

我最好也列几位男科学家，以免你们觉得我偏心。

**阿尔弗雷德·诺贝尔**（Alfred Nobel）

一位发明了炸药的瑞典化学家和工程师。他家有一座工厂，为十九世纪五十年代的克里米亚战争生产武器。但有一天，工厂里准备硝化甘油（一种高密度、无色的爆炸性液体，为火药的主要成分）的一间小屋意外爆炸了，死了五个人，包括阿尔弗雷德的弟弟。于是，阿尔弗雷德研制出炸药，一种相对硝化甘油安全可控的物质（不过，我还是建议大家不要去碰它）。

阿尔弗雷德一辈子都在做爆炸，造成了不少破坏和毁灭。他希望死后因为更美好的事物而被人记住。于是，他创立了诺贝尔奖，奖励各个科学领域的重大贡献者。

**列奥纳多·达·芬奇**（Leonardo da Vinci）

十五世纪著名的画家，做出了一系列超越时代的发明。他一天到晚都在绘制各种图纸，有我们现在所知的降落伞、直升机、机枪、潜水服、装甲车、滚珠轴承和世界上最早的人形机器人。哇！他闲暇时，还画出了世界名画《蒙娜丽莎的微笑》。享年仅六十七岁，大概是他太需要休息了。

**【　　　　　】**

**（填上你的名字）**

为何不试着搞搞发明呢？别担心别人怎么看你——我每天在学校吃烤素饼，同学们用奇怪的眼光看我，我都不在乎。只管去尝试！（我说的是创造，不是天天吃烤素饼。我可不希望任何人受这个罪。）你的想象力是广阔无边的！不要害怕失败！每次出错，都是学习避免错误的良机！即使再次失败，也要败得比上一次漂亮。大伙儿一定要记住托马斯·爱迪生和他的1000次灯泡实验。

哦，还有最后一件事：感谢你们阅读我写的书。万分感谢！顺便告诉你们，世界上第一部长篇小说《源氏物语》，创作于十一世纪早期，其作者也是……对的，一名女性。意料之中。

我就不再吧啦吧啦讲下去了，你们已经懂我的意思了。

# 惊艳朋友圈的科学小实验！①

阿尔诺亚姆联合科学大赛的参赛选手们对于科学实验都有不错的想法，只是不太清楚自己到底在做什么。

朋友们，如果你按照我给出的简单说明操作，就不怕在台上像托马斯·托马斯那样被人嘲笑了。（你或许需要戴上护目镜和手套，再在地板上铺一层报纸，这样你老妈就不会气急败坏地大喊：“玛蒂尔达！这是你一个星期内第二次把地毯给点着了！”）

准备好了吗？

① 实验请在成人协助下尝试。——编者注

# 纸火山爆发

你需要用到：

· 一只空塑料瓶（无盖）

· 胶水

· 水

· 报纸

· 一只碗

· 剪刀

· 颜料和刷子

· 一个大纸箱子

· 醋

· 碳酸氢钠（也叫小苏打）

· 一只漏斗或一卷纸筒

1.纸箱子剪掉顶部，做底座。

2.用胶水把塑料瓶底部粘在底座上。

3.调制一碗水和胶水的混合液。

4.将报纸揉成一团，浸入碗中调好的水和胶水的混合液里。再把它绕着塑料瓶底部贴在纸箱上。不断重复这一步骤，直至造出一座火山。

5.将半张报纸撕成两三厘米宽的纸条，再将纸条一层层绕瓶口贴在堆起的火山上。这时，你的火山应该成型了。

6.报纸干透之后，涂上颜料，装饰火山。

现在，好玩的来了（但是小心——会弄得有点脏乱）：

1.通过漏斗，往塑料瓶里倒入三勺小苏打。

2.假如你有的话，可以加入一点红色食用色素，使“火山岩”在颜色上更为逼真。

3.最后——准备好迎接你的小火山爆发吧——倒入醋，退后！

小苏打里加醋，会发生一系列化合反应，并产生一种叫“碳酸”的不稳定物质。这就是小火山嗞嗞冒泡的原因啦。

## 让鸡蛋漂浮在水面上

普通的一杯水，放入一颗鸡蛋，鸡蛋肯定会沉入水底。但这里我会教大家调制出一杯与众不同的水来！

你需要：

· 一颗鸡蛋

· 一只大水杯

· 水

· 盐

1.将水倒入杯中，半杯水即可（奶奶因此常说我是个乐天派[①]）。

2.拌入大量盐——我猜，大概六勺（六大勺）即可。确保盐全部溶入水中。

3.把鸡蛋轻轻放入水中。

4.千万别手滑，把蛋打碎在了基根先生的棕色皮鞋上。

因为密度原因，鸡蛋会浮于水面上！这和奶奶跟我讲的热气球飞行原理差不多。由于盐水的密度大于纯水，鸡蛋不会像平常一样沉入水底。

## 爆炸袋子戏法！

好吧，它虽然理论上不是科学大赛的参赛实验，但在我们整个旅途中多次提及，关键时刻十分好用，所以我还是把

① 有故事讲，在沙漠中有两个人发现了一个水瓶，说“还有半瓶水”的被认为是乐观者，说“半瓶已经空了”的被认为是悲观者。——编者注

它分享给大家吧。它有点吓人，需要用到瓦斯（不是烧咖喱时用到的气味难闻的那种）。

你需要准备：

· 半杯醋（做纸火山剩下的醋，如果还有的话，可以用上）
· 三明治包装袋——那种封口塑料袋是最佳选择
· 小苏打（我们的老朋友又来了）
· 纸巾（不一定要用你老妈的薰衣草香味的纸巾）

1.将醋倒入塑料袋，并封好口。

2.铺开一张纸巾，倒四勺（四小勺，但每一勺都要装得满满的哦）小苏打在上面。

3.折起纸巾的四角，把小苏打包成一小包。

4.打开塑料袋封口，放入装着小苏打的纸包，再迅速封口。

5.摇晃均匀，直至发出嗞嗞的声音。

6.开始发出嗞嗞声时，赶快放下袋子，等它爆炸。你可能需要站远一点，并系紧你的护目镜！

和纸火山的原理一样，醋加小苏打会发生化合反应，产生碳酸。碳酸膨胀，需要空间，袋子里的空间不够了，袋子就会爆裂。

我告诉过你，很吓人的！

# 最后一件事，在你离开之前……

你还没离开吗？太好了！谢谢你一路读到了最后。我有时也做不到，因为假如我在读一本关于巫师小男孩的书，我会分心，突然想到一个点子，立马放下书，画起图纸来（万一你把改良过的吹风机绑在厨房的拖把头上，真的造出了一只飞天扫帚呢？）。然后，我就忘了自己还没读完这个故事，就直接去翻另一本书了。所以呢，感谢你们没有这么做。

奶奶在格林尼治皇家天文台上班期间发现了玛蒂尔达行星。天文台那里有英国最大的赤道望远镜，它帮助了像我奶奶这样的科学家取得天体物理学领域的重大发现。虽然现在科学家们已经不在那里上班了，但你还可以去那里，把它当作博物馆参观。奶奶和我准备下个月回天文台一趟，炫耀她的诺贝尔奖章，再参加为她举办的挂牌仪式。我们俩都兴奋极了。

这一切，让我想进一步了解恒星和行星——不仅限于我们的太阳系。太阳系的恒星、行星和它们的一些卫星，我早就叫得出名字了。

我还可以指出夜空中的北斗星。它们是大熊星座最亮的七颗星组成的一个勺状图案（又名“星群”），它看起来还有点像超市的购物车，或者像，对了，犁——因为四颗星组成了一个矩形，而另外三颗星呈直线，就像手推车的把手。我猜，它是天空中最容易找出的星群了。我还可以找出猎户座腰带和北极星。假如我是你，我一定会在下一个晴朗的夜晚，抬头仰望星空，找出它们。因为你知道吗？星河灿烂，它会让你意识到，那里有无边无际的宇宙和无穷无尽的可能。

所有的这一切——科学小技巧、发明创造、工程设计、便利手、热气球飞行原理、爆炸的袋子、天体物理学、医治中毒的狮子、制作胶水、克利夫顿吊桥、可乐蚀钱、观察星象——都属于科学的范畴。所以，我的朋友，如果你想成为科学家，那你就太幸运了，因为你可以做的事情，还有很多很多。

# 致谢

感谢企鹅兰登书屋的所有人——特别是柯尔斯顿·阿姆斯特朗，她提出了原创灵感，并一直鼓励我创作下去；还有娜塔莉·多尔蒂、苏·库克和弗朗西斯·埃文斯，是他们让这个故事变得更好。感谢马特·琼斯，你设计的封面，棒极了！

感谢联合代理人公司的出色团队，谢谢你们给予我的耐心、支持和热情——乔蒂·霍奇斯、简·威利斯、艾米莉·塔尔博特万岁！

感谢多娜·德哈恩，给我介绍了许多关于荷兰美食的知识！

感谢NANJAS和Only Connect分队，你们真是一个传奇！

感谢我的LCC作家小组——谢谢你们每个人（有时诚实得近乎残忍）的反馈。

在写这本书的过程中，我被许多创意无限且聪明有趣的了不起的女人们感染着，启发着。她们有的来自历史，有的是我现实中的朋友。我很幸运拥有这样的朋友。向尼基、米凯拉、海伦、凯蒂和莫莉、坎蒂丝和艾米、SHSG帮和烘焙小分队的成员们脱帽敬礼！

感谢我的家人——妈妈、爸爸、安德鲁、夏洛特（抱歉，对这个人说的感谢，有点撒谎的成分在里面）、莉莉，和（虽然是最后一个但绝非不重要的）巴尼。

最后要感谢我的丈夫里克，谢谢你坚定不移的支持和加油鼓劲，你真是个大好人。